마노 카비나의 추억

마노 카비나 의 추억

하일지

민음사

차례

등장인물 · 8

마노 카비나의 추억 · 9

작가의 말 · 153

마노 카비나에서 나는 보았네.

나무들은 어둠 속을 걸어가고 있고

달빛 속에서 새들이 금빛 알을 낳고 있는 것을.

그리고 우리는……

—본문 중에서

#1 K대학 교정 몽타주 (제네릭 신)

　눈부신 햇살이 쏟아지고 있는 K대학 캠퍼스를 몽타주하
고 있다. 분주히 오가는 수많은 남녀 학생들의 발, 주차장
에 밀려드는 차들, 핸드폰으로 통화를 하고 있는 학생들,
벤치에 앉아 담소를 나누고 있는 학생들, 운동장에서 족구
를 하고 있는 학생들, 사물놀이에 열중하고 있는 동아리
패, 시위를 하는지 일제히 팔을 쳐들며 구호를 외치는 학
생들, 잔디밭에 둘러앉아 포커를 하고 있는 학생들의 모습
등이 나타났다가 사라진다.
　이런 장면들 중 어느것에도 특별히 관심을 보이고 있다

는 인상을 주어서는 안 된다. 아무 생각 없이 둘러보고 있
다는 느낌을 주어야 한다. 그리고 이런 장면들이 진행되는
동안 장면 속의 사운드(발자국 소리, 차량 소음, 학생들의
목소리, 풍물 소리 등)는 들리지 않는다. 그 대신 경쾌하면
서도 어딘지 모르게 시니컬하게 들리는 주제가가 흐른다.
그리고 그에 장단을 맞추기라도 하듯 자막이 떴다가 사라
지곤 한다.

자막과 함께 주제가가 끝나면 요란한 핸드폰 소리가 나
고 그와 함께 카메라는 소리 나는 곳을 찾기라도 하듯 방
향을 잃고 좌우를 두리번거린다. 그러다가 마침내 찾았다
는 듯이 # 2로 이어진다.

2 계단식 강의실 안

수많은 학생들이 계단식 강의실에서 강의에 몰두하고
있다. 학생 하나가 당황한 표정으로 다급하게 핸드폰을 끈
다. 강의실 안의 다른 학생들은 방해를 받았다는 듯이 일
제히 문제의 학생 쪽을 돌아본다.

서인하 (off) 바로 저기에 희생자가 있군.

　　강의실 안의 남녀 학생들은 일제히 웃음을 터뜨린다. 잠시 후 서인하의 목소리는 계속되고 학생들은 다시 강의에 몰두한다.

서인하 (off) 그래요. 어쩌면 우리 모두는 희생자들인지도 몰라요. 무엇인가를 팔아먹고야 말겠다고 하는 장사꾼들의 의지 앞에서 현대인들은 저항력을 잃어버렸는지도 모릅니다. 예쁘장하게 생긴 여자 모델을 내세워 〈스무살의 TTL〉이라는 광고를 몇 년 동안 해댔으니, 저 학생인들 견딜 수가 있었겠어요? 마침내 핸드폰을 사고 말았을 테고, 그게 화근이 되어 이 강의실에서까지 소음을 일으켜 눈총을 받게 되었으니 장사꾼들의 희생자가 아니고 무엇이겠습니까.

　　학생들은 다시 와르르 웃음을 터뜨린다. 개중에는 방금 핸드폰 소음 공해를 일으킨 바 있는 학생 쪽을 힐끔힐끔 돌아보는 사람도 있다. 그들 중에는 뒤편에 앉은 유하영도 끼여 있다. 그러나 그녀의 존재는 특별히 관객들의 눈에 띄지는 않는다. 이어 카메라 팬하면서 강단에서 강의를 하고 있는 서인하를 포착한다.

서인하 사실, 20세기 초만 하더라도 인류는 두 가지 이
상에 들떠 있었습니다. 민족주의와 사회주의가
그것이었습니다. 비록 그 때문에 수많은 전쟁을
피할 수 없었고, 무수한 사람들이 죽어가야 했지
만, 그들에게는 이상이 있었던 게 틀림없습니
다. 그 시절에 젊은이들의 가슴을 뛰게 했던 말
은 혁명이었습니다. 그러나 21세기 초 인류 사
회의 분위기는 백년 전과는 사뭇 다릅니다. 이
제 사람들은 더 이상 이상을 믿지 않습니다. 사
회주의는 폐기 처분되었고, 국경이 허물어지고
있는 이 마당에 민족주의마저도 의미를 잃었습
니다.

　　카메라 다시 팬하면서 강의에 몰두하고 있는 학생들을
조망한다. 전체적으로 학생들의 분위기는 퍽 진지한 편이
다. 그런데 그때 강의실 뒷문이 열리면서 강의실 안의 다
른 학생들과는 구별될 만큼 화사한 옷차림(가령, 여름용
원피스)을 한 강수미가 쌩긋 웃으며 들어온다. 그녀는 잠
시 강의실 안을 두리번거리다가 강의실 뒤편에 앉은 유
하영을 발견하고는 그녀 옆자리에 가 앉는다. 그리고 유
하영에게 무어라 속삭인다. 그 동안에도 서인하의 목소

리는 계속된다.

서인하 (off) 오늘날 세계를 지배하고 있는 것은 신자유
        주의라 이름 붙여진 상업주의입니다. 무엇인가
        를 팔아먹고야 말겠다는 장사꾼들의 의지만이
        세계를 지배하고 있다는 말입니다. 상업주의는
        공산주의를 붕괴시켜 버렸고, 민족주의마저 우
        스꽝스러운 것으로 만들어버렸습니다. 텔레비전
        을 보십시오. 쉴 새 없이 쏟아지는 것이 상품 광
        고 아닙니까. 인터넷을 열어보십시오. 거기서 읽
        을 수 있는 것도 상업주의적 속셈입니다. 이것이
        21세기 초 인류 사회의 분위기인 것입니다. 오
        늘날의 젊은이들에게는 혁명이라는 말이 더 이
        상 아무런 감동도 주지 못합니다. 그들의 관심사
        는 새로운 기능을 가진 핸드폰이나 컴퓨터입니
        다. 그들은 새로운 핸드폰이나 컴퓨터를 사기 위
        해서 아르바이트를 합니다.

    학생들 사이에 가벼운 동요가 일어난다. 카메라 다시 팬
하여 서인하를 포착한다.

서인하 (시계를 보며 혼잣말처럼) 생각해 보면 생은 참
　　　　고달픈 거예요. 이런 걸 다 염려해야 하니까 말
　　　　요. 쇼펜하우어의 말처럼 죽음만이 생의 고통에
　　　　서 벗어나는 유일한 길인지도 모릅니다.

　　학생들의 웃음소리가 터져나오고, 서인하는 교탁 위의
책을 덮으며 쿨룩쿨룩 기침을 한다. 학생들 중 몇몇이 〈감
사합니다〉 하고 말하는 소리가 들린다.

#3 K대학 인문관 복도와 계단

　　강의를 마친 서인하는 강의실에서 나와 복도를 걸어가
고 있다. 복도에서 마주친 학생들 중 몇몇은 그를 향하여
인사를 하기도 한다. 그런 학생들을 향하여 가볍게 목례를
하면서 그는 복도를 따라 성큼성큼 걸어가고 있다. 그때,
저만치 강의실 뒷문을 빠져나온 유하영이 서인하를 따라
잡으려고 종종걸음으로 걸어오고 있다. 그녀를 따라 강수
미도 오고 있다. 그러나 서인하는 곧 계단을 오르기 시작
한다.
　　유하영은 서인하를 따라잡기 위해 부지런히 계단을 오

르고 있지만 그것을 모르는 서인하는 서두르는 법도 없이
성큼성큼 계단을 오르고 있을 뿐이다. 그러던 끝에 마침내
유하영은 서인하를 따라잡는다.

유하영 (숨을 할딱거리며) 교수님!

　서인하는 걸음을 멈추고 그녀 쪽을 돌아본다. 숨을 할딱
거리고 있는 유하영의 곁에는 강수미가 서 있다.

서인하 무슨 일이지?
유하영 연극영화과 3학년 유하영이라고 하는 학생인데
　　　요, 윤성수 교수님께서 보내서 왔어요.
서인하 (무슨 일 때문인지 금방 알아챈 표정으로) 아하!
　　　그럼 학생이 캐스팅된 거로군.
유하영 (숨을 할딱거리며) 예!
서인하 (유하영을 훑어보며) 윤 교수가 캐스팅한 걸 보
　　　면 학생이 우리 학교에서 제일 미인인가 보지?

　유하영은 숨을 할딱거릴 뿐 미처 무어라 대답을 하지
못한다.

서인하 (유하영의 곁에 선 강수미를 향하여) 그런데 학생
　　　은 무슨 일이지?
강수미　같은 과 친구인데 그냥 따라와 봤어요.
서인하　그냥 따라와 봤다? 아주 한가한 학생이로군. 좋
　　　아. 그럼 한번 따라와 봐.

　강수미는 다소 도도한 눈빛으로 서인하를 바라볼 뿐 아
무 말 하지 않는다.

#4 서인하의 연구실

　서인하의 책상 위에 놓인 액자 클로즈업. 액자 안에는
아름답고 청순한 20대 여자의 흑백 사진이 끼워져 있다.
〈Mano Cavina〉라는 간판이 보이는 카페 같은 데 혼자 앉
아 있는 사진 속의 여인은 왠지 유하영을 닮았다는 느낌
을 준다.
　카메라, 서서히 뒤로 물러나면서 책상 앞에서 무엇인가
서류를 작성하고 있는 서인하의 모습을 잡고 이어 저만치
소파에 나란히 앉은 유하영과 강수미를 포착한다. 카메라
는 유하영과 강수미에게로 다가간다.

두 사람은 다 아름답다. 그러나 어딘지 모르게 대조적으로 보인다. 가령, 유하영이 성실한 모범생처럼 보인다면 강수미는 약간 나태해 보이면서도 모험을 즐기는 학생처럼 보이는 것이 그렇고, 유하영은 청순하고 부드럽고 따뜻한 느낌을 주는 데 비하여 강수미는 이목구비가 단아하지만 어딘지 모르게 차갑고 도도하고 그러면서도 관능적인 느낌을 준다는 것이 그렇다.

그때 핸드폰 소리가 나고 그와 동시에 강수미는 가방 속에 든 핸드폰을 황급히 꺼내어 끈다. 책상 앞에 앉아 서류를 정리하고 있던 서인하는 일어나서 두 학생이 기다리고 있는 소파 쪽으로 가 앉는다.

서인하 (소파에 앉으며) TV에 나가본 적은 있는가?
유하영 아니요. 아직은요.
서인하 그렇담 이번에 데뷔를 하는 셈이군.
유하영 예.
서인하 그래, 내 책들은 좀 읽어봤나?
유하영 예. 밤새도록…….
서인하 아주 착실한 학생이로군. 좋아. 하긴 윤 교수가
        뽑아서 보냈으니 어련하겠어. 그럼 우리 한번
        잘해 보자고. 혹시 모르지. 이번에 잘하면 좋은

일이 생길지.

　서인하와 유하영이 이런 대화를 나누고 있는 동안 강수미는 눈을 반짝이며 듣고 있고 있을 뿐 끼여들지는 않는다. 그런 그녀의 얼굴을 클로즈업하는 동안,

서인하　(off) 시간 약속 잘 지켜야 하는 건 알겠지?
유하영　(off) 예.

#5 대학 주변의 어느 카페

　유하영과 강수미는 카페 안 다소 후미진 곳에 마주앉아 있다. 유하영은 몹시 당혹스러워하는 표정으로 강수미를 외면하고 있고, 강수미는 그러한 유하영을 다그치고 있는 듯한 분위기다. 두 사람 사이에는 잠시 무거운 침묵이 흐른다. 잠시 후,

강수미　그렇다고 오해하진 마. 난 다만 네가 다큐 같은
　　　　데 나가기엔 너무 아깝다는 말을 하려는 것뿐
　　　　이야.

유하영 (너무나 기가 막혀 말이 나오지 않는다는 듯이) 허
　　　 이 참!
강수미 그럼 너는 다큐가 너한테 어울린다고 생각하니?
　　　 너 자신이 언젠가 그런 말을 했잖니. 너는 사극
　　　 같은 데 어울릴 거라고.

#6 병원 안

　서인하는 윗도리를 벗은 채 X레이 촬영대 위에 올라선
다. 쿨룩쿨룩 기침을 하고 있다.

X레이 촬영 기사 (off) 기침을 잠시 멈추고, 숨을 크게
　　　 들이마시세요. 숨을 멈추고. 좋습니다.

#7 병원 안 다른 장소

　서인하는 CT 촬영대 위에 누운 채 캡슐 안으로 들어가
고 있다.

8 서인하의 서재 겸 침실, 새벽

　새벽 어스름 속 선풍기 바람을 받아 책상 위에 펼쳐져 있는 책의 책장이 넘어갔다 넘어왔다 한다. 그때 요란한 전화벨 소리가 들린다. 그와 함께 카메라 팬하면서 곤히 잠들어 있는 서인하를 포착한다. 전화벨 소리가 몇 차례 계속되었을 때에서야 서인하는 잠에서 깨어나 전화를 받는다.

서인하 (선풍기 바람에 감기라도 걸린 듯 기침을 하며) 여
　　　보세요.
유하영 (off, 풀이 죽은 목소리로) 교수님 저 하영인데요,
　　　이른 새벽에 죄송해요.
서인하 (의아해하는 표정과 목소리로) 무슨 일이지?
유하영 (off) 집안에 급한 일이 생겨서 도저히 오늘 함
　　　께 떠날 수 없게 됐어요.
서인하 (몹시 황당해하는 표정과 목소리로) 지금 와서 갑
　　　자기 그러면 어떻게 해? (유하영이 미처 대답을
　　　하지 못하자 다그치듯) 대체 무슨 일이야? 왜 갑
　　　자기 그러는 거야?
유하영 (off, 잠시 머뭇거리다가 둘러대는 듯한 목소리로)
　　　사실은 엄마가 위독해요.

서인하 (몹시 낭패한 표정을 짓고 있다가) 그럼 어떻게
        한다?

유하영 (off) 그래서 말씀인데 제 대신 수미가 가면 안
        될까요?

서인하 누구?

유하영 (off) 강수미라고 지난번에 교수님 연구실에 함
        께 갔던 친구 말예요. 수미도 방송에 나가고 싶
        어해요. 그리고 재능도 있고요.

서인하 아! 그 친구? (잠시 머뭇거리다가 어쩔 수 없다는
        표정으로) 할 수 없지.

유하영 (off) 그럼 제가 수미한테 전화를 해둘게요. 여섯
        시까지 방송국 앞으로 나가라고요.

서인하 (난색을 짓고 있다가) 하는 수 없지. 나도 PD한테
        미리 전화를 해두지.

#9 서인하의 집 거실

    서인하의 늙은 어머니가 열려 있는 여행용 가방에 아들
의 팬티, 러닝셔츠, 양말 따위를 챙겨 넣고 있다. 그러다
가 겨울용 내복까지 챙겨 넣는다. 그때 서인하가 목욕탕

에서 나온다.

서인하 (의아해하며) 겨울 내복은 왜 넣으세요, 이 한여
       름에?
  노파 강원도로 간다며? 강원도는 한여름에도 밤에는
       춥대.
서인하 강원도가 아니라 경상도로 가는 거예요.
  노파 강원도든 경상도든 따뜻하게 자야 해. 감기 걸리
       면 어쩌려고.
서인하 (어처구니없다는 듯이) 아무리 그래도 그렇지, 지
       금은 칠월이에요. 음력으로는 유월이고요. 오뉴
       월에 누가 겨울 내복을 입어요?
  노파 (토라진 표정과 목소리로 쏘아붙이며) 니가 그렇
       게 잘났으면 왜 여태 장가도 못 갔어? 나이 오
       십이나 먹은 놈이? 니 사촌 인수 좀 봐라. 벌써
       사위를 봤잖니. 그런데 너는 뭐니? 마누라가 있
       어, 자식이 있어? 그런데도 니가 뭐가 그렇게
       잘났다고 어미 말에 대꾸를 하는 거니?
서인하 (어이가 없다는 표정으로) 그렇지만 엄마…….
  노파 시끄럽다, 이놈아! 내가 죽어서 저승에 가면 니
       아버지가 뭐라고 하시겠니? 아들 하나 있는 걸

장가도 못 보내고 왔다고 날 원망하지 않겠어?
(쿨쩍쿨쩍 울기 시작한다.)
서인하 (당황하여 어쩔 줄을 몰라하다가) 알았어요, 알았
　　　어요. 시키는 대로 내복 가지고 가면 되잖아요.
　　　이 목도리도 가져갈까요? (이렇게 말하며 겨울
　　　내복과 목도리 따위를 마구 가방에 쑤셔넣는다.)
　노파 (울다가 웃는 어린애 같은 표정으로) 그렇게 쑤셔
　　　넣으면 꾸겨지잖아.

10 서인하의 아파트 건물 현관 앞 주차장, 이른 아침

　비가 내리고 있다. 서인하는 여행용 가방을 들고 서두르
는 걸음으로 건물을 나온다. 그 뒤를 그의 어머니가 종종
걸음으로 따라나온다.

　노파 밥 잘 챙겨먹어.
서인하 알았어요.
　노파 술 너무 먹지 말고.
서인하 알았어요.
　노파 담배 너무 많이 피우지 말고.

서인하 알았어요, 엄마. 이제 그만 들어가세요.

　노파 (무엇인가 잊고 있었던 것이 문득 생각났다는 듯
　　　　이) 너 면도기는 챙겨 넣었어?

서인하 모르겠어요.

　노파 내 그럴 줄 알았다. 잠깐만 기다려라. 금방 가져
　　　　올 테니.

서인하 관두세요. 일회용 면도기 하나 사면 되잖아요.

　노파는 아랑곳하지 않고 다시 안으로 쫓아 들어간다.

　그때 자동차 경적 소리가 들리고, 서인하는 소리 나는
쪽으로 고개를 돌린다.

　방송국 소속 미니 버스 한 대가 아파트 주차장 안으로
들어오고 있다. 차는 눈에 잘 띄는 노란색이고, 모양도 다
소 특이하다. 미니 버스는 아파트 주차장을 빙 돌아 서인
하가 서 있는 현관 쪽으로 와 멎는다. 그와 동시에 차 문
이 열리면서 박 **PD**, **AD** 유영오, 강수미 등이 차에서 내린
다. 일동은 서인하에게 인사를 한다.

강수미 안녕하세요, 교수님. 하영이네 집에 갑자기 무슨
　　　　일이 생겨서 저더러 대신 가달라고 해서 왔어요.

서인하 하영이한테서 연락받았다. 하영이한테는 안된 일

이지만 너한테는 잘된 일이지.

AD 유영오는 빗속을 달려와 서인하 곁에 놓인 여행용 가방을 들고 가 차에 실으려 한다. 그때 서인하의 어머니가 구식 면도기 케이스와 우산을 들고 허둥지둥 뛰어나온다.

노파 잠깐만 기다려요. 이걸 넣어야 해요.

유영오는 서인하의 가방을 실으려다 말고 되돌아온다. 강수미는 노파의 손에서 면도기 케이스를 받는다. 그러나 그 순간 실수로 면도기 케이스를 바닥에 떨어뜨리게 되고 그 바람에 케이스 속에 든 내용물들, 손잡이가 상아로 된 접는 면도칼과 면도용 솔 등이 왈칵 쏟아진다.

노파 이런! 조심을 해야지. 계집애가 왜 그렇게 조심
      성이 없어.

강수미, 황급히 주워 담으려 한다.

노파 (몹시 못마땅해하는 표정으로 강수미를 밀어내며)
      저리 가. 내가 할 테니. 이게 어떤 물건인데. (면

　　도칼과 솔 따위를 케이스 속에 주워담는다.)

서인하 (다소 민망스러워하는 표정으로) 제가 할게요, 엄마.

노파 관둬라. 그보다도 너 (강수미 쪽을 힐끔 보며) 저
　　계집애 조심해.

서인하 (들을까 봐 걱정이 되는지 강수미 쪽을 힐끔 보며)
　　아이, 어머니도! 저 애는 우리 학교 학생인걸요.

노파 야, 이 녀석아, 에미가 시키면 시키는 대로 해!

　　유영오, 서인하의 가방을 받아 차에 싣고, 서인하는 차
에 오른다.

서인하 (차에 오르면서) 엄마, 그럼 다녀올게요. 누나들
　　한테 전화해 뒀으니 제가 없는 동안 누나들이
　　집에 와 있을 거예요.

노파 그년들이야 오면 뭐해. 제 새끼들 모두 불러다가
　　밥이나 잔뜩 처먹이겠지.

서인하 그런 소리 하지 마시고, 누나들 말 잘 들으세요.
　　아시겠죠, 엄마? 그리고 이제 그만 들어가세요.
　　그러고 섰으면 비 맞아요.

　　노파는 그러나 아들을 떠나보내는 것이 못내 아쉬운지

빗속에 우두커니 서 있다.

서인하 일주일이면 돌아와요. 그리고 종종 전화 드릴 테
        니 걱정하지 마시고 이제 그만 들어가세요, 엄마.
노파 알았다. 내 걱정 말고 얼른 타.

#11 미니 버스 안

    버스 안 뒤편에는 강수미와 서인하가 나란히 앉아 있고,
그 앞으로 방송국 스태프들이 앉아 있다. 버스는 아파트
주차장을 빠져나와 커브길을 돌고 있다.

강수미 (수건을 서인하에게 내밀며) 좀 닦으세요, 교수님.
        머리가 다 젖었어요.
서인하 (수건을 받아 머리를 닦으며) 고마워. 그런데 너
        어떤 일을 하러 가는지 알기는 하니?
강수미 예, 하영이한테 들어서 알고 있어요.
박 PD (서인하의 바로 앞자리에 앉아 있다가 뒤를 돌아보
        며) 그저께 만났던 유하영이라는 학생은 아버지
        가 교통사고를 당했다면서요?

서인하 (약간 의아해하는 표정으로) 그래요? 나한테는 어
　　　　머니가 위독하다고 하더니만……．

　　강수미는 두 사람의 그런 대화를 못 들은 척한다. 서인
하는 의문에 찬 시선을 그녀에게 던진다.

박 PD (운전석 옆자리에 앉은 촬영기사 정수길을 가리키
　　　　며) 저분이 이번에 촬영을 담당하실 정수길 감
　　　　독님이십니다.
정수길 (몸을 돌려 서인하를 향해) 안녕하세요.
서인하 안녕하세요.
정수길 (명함을 꺼내어 내밀며) 신문에 난 사진으로만 뵈
　　　　었는데 이렇게 직접 만나 뵙게 돼서 영광입니다.

　　정수길의 명함은 손에서 손으로 서인하에게 건네진다.

서인하 (명함을 받아들며) 저는 명함이 없어서……．
박 PD 선생님이야 원체 유명하신 분인데 명함이 무슨
　　　　필요가 있습니까.
이정길 (방송 대본을 서인하와 강수미에게 나누어주며) 대
　　　　본이 나왔습니다. 한번 훑어보시죠. 완전한 것

은 아니고 상황에 따라 약간씩 변경될 수도 있
습니다.

　서인하, 쓰고 있던 안경을 벗고 돋보기를 꺼내어 쓴다.
그리고 방송 대본을 들여다본다. 그러나 버스가 흔들리는
바람에 제대로 읽을 수가 없다.

강수미　제일 먼저 찍는 게 이 장면인가요?
박 PD　(강수미를 향하여) 순서는 달라질 수 있어. 가능
　　　한 것부터 먼저 찍어뒀다가 나중에 편집하면 되
　　　니까.
서인하　(돋보기를 벗어 주머니에 넣으며) 그나저나 이렇
　　　게 비가 와서 어떻게 하죠? 뉴스를 들으니 오늘
　　　부터 장마라는데…….
박 PD　사실은 저도 그게 고민이에요. 그렇지만 어쩔 수
　　　없잖아요. 찍는 데까지 찍어보는 수밖에요. 그보
　　　다도 잠이나 좀 자두세요. 목적지까지 가려면 서
　　　너 시간은 족히 걸릴 테니까요.
서인하　(강수미를 돌아보며) 잘할 수 있겠어?
강수미　걱정하지 마세요.
서인하　내 책들은 좀 읽어봤어?

강수미 아니요. 차에서 읽어보려고 가져왔어요.

    서인하는 약간 걱정스런 표정을 짓는다.
    강수미는 들고 있던 서인하의 시집 『마노 카비나의 추
억』을 황급히 펼쳐 읽기 시작한다. 그러나 흔들리는 차 안
에서 책을 읽는다는 것은 불가능해 보인다.

12 비가 내리는 한강 다리 위

    차들이 길게 정체해 있고, 그중에는 방송국 미니 버스가
보인다. 요란한 앰뷸런스 소리가 나고, 경찰들이 바삐 움
직이는 것으로 보아 사고가 난 것처럼 보인다. 잠시 후에
는 흰 천을 덮은 들것이 앰뷸런스에 실린다.

13 방송국 미니 버스 안

    정차해 있는 미니 버스 안의 맨 앞자리에 운전사와 정
수길이 나란히 앉아 있다. 그들 뒤로 보이는 스태프들은
잠을 자고 있거나 방송 대본을 뒤적거리고 있다. 그리고

그 뒤로 보이는 서인하는 기침을 하고 있고, 그 옆에 앉은
강수미는 화장을 고치고 있다.

정수길 (옆자리에 앉은 운전사를 돌아보며) 죽었지?
운전사 죽었어요.

14 국도를 달리고 있는 미니 버스

미니 버스는 비가 내리고 있는 국도를 달리고 있다.

15 한적한 시골길을 달리고 있는 미니 버스

미니 버스는 비안개가 자욱히 낀 한적한 시골길을 달리
고 있다.

16 미니 버스 안

차창에는 뿌우옇게 김이 서려 있고 스태프들은 대부분

잠들어 있다. 강수미도 서인하의 어깨에 기댄 채 자고 있고, 서인하는 돋보기를 쓰고 책을 읽고 있다. 서인하가 읽고 있는 책은 갈리마르의 폴리오 문고 중 한 권이면 좋겠다.

잠시 후 서인하는 불편함을 느끼는지 강수미의 머리를 가볍게 밀어낸다. 그 바람에 강수미는 몸을 뒤척이게 되고, 그녀의 무릎에 얹혀 있던 서인하의 시집은 바닥으로 떨어진다.

17 철로 건널목

차단기가 내려져 있고, 철길에는 맹렬한 굉음과 함께 기차가 지나가고 있다. 기차가 다 지나가자 건널목 건너편에 다소 눈에 띄게 화사한 차림(가령, 노란색 원피스)을 한 강수미가 서인하의 시집을 들고 서 있다. 비는 그쳐 있다.

강수미 (건널목을 건너오며, 어색한 표정과 동작으로, 그러
면서도 과도한 의욕에 찬 목소리로) 어떤 문학 평
론가는 시인 서인하 교수님의 시는 고독한……
영상의…… 명상에 잠긴 고독한 산책자의 오후
라고 했습니다. 우리는 이제 시인 서인하 교수님

의 영상에 잠긴…… 고독한 명상에 잠긴 시 세
계에 영향을 준 어린 시절의 추억이 서린 곳을
찾아왔습니다. 마노 카비나의 추억을 찾아서 말
입니다. (여기까지 말하고 몹시 난처해하는 표정을
짓다가) 다시 하면 안 될까요?
박 PD (off) 컷!

그와 동시에 카메라 팬하면 건널목 이쪽 편에 카메라를
중심으로 둘러서 있는 스태프들이 포착된다. 박 PD와 이
정길 등은 몹시 난처한 표정들을 하고 있다.

이정길 (강수미를 향해) 수미 씨, 대본대로 하세요. 교수
        님이 아니라 선생님이라고 하세요.
강수미 죄송해요. 기차 소리 때문에 대사를 까먹어 버렸
        어요. 한번만 다시 찍으면 안 될까요?
박 PD (짜증스레) 그럼 니가 가서 기차를 다시 불러와.

정수길, 웃는다. 곁에 선 서인하는 걱정스런 표정을 짓
고 있다.

18 숲길을 달리고 있는 미니 버스

미니 버스는 비가 내리고 있는 숲길을 달리고 있다.

19 달리는 미니 버스 안

강수미는 의기소침해져 있다.

서인하 (무엇을 찾고 있는 듯 주머니를 뒤적이다가) 네 친
구 하영이 전화번호 알고 있니?
강수미 (당황한 기색으로) 아니요. (잠시 후) 알기는 아는
데 지금은 몰라요. 전화번호를 적은 수첩을 두고
왔거든요.

서인하는 말이 없다. 잠시 후,

강수미 (다소 당돌하게) 교수님은 왜 자꾸 하영이만 찾
으세요? 제가 그렇게 마음에 안 드세요?

서인하는 어이가 없다는 표정을 짓고, 강수미는 새침한

표정을 짓는다.

20 어느 정자

　서인하와 강수미는 정자 추녀 밑에 나란히 서서 비를
피하고 있다. 그러나 단순히 비를 피하고 있다고 할 수만
은 없는 것이 그들은 각자 대본을 손에 들고 있다.

박 PD (off) 준비됐습니까?

서인하 (대본을 주머니에 넣으며) 준비됐습니다.

강수미 잠깐만요, 잠깐만! (주머니에서 거울을 꺼내어 자
　　　　신의 얼굴을 한번 비추어본다) 예, 저도 준비됐
　　　　어요.

박 PD (off) 자, 그럼 시작하겠습니다. 레디― 큐!

강수미 (약간 오버하는 듯한 표정과 목소리로) 그런데 교
　　　　수님, 교수님은 언제부터 시를 쓰기 시작하셨어
　　　　요?

서인하 음, 그게 그러니까 상당히 오래됐지. 최초로 시
　　　　를 쓰기 시작한 건 고등학생 시절이었어.

강수미 와아! 그렇게 많이…… (몹시 당황해하는 표정으

로 말을 잇지 못한다.)

박 PD (off) 컷!

　그와 동시에 카메라 팬하면서 20미터쯤 떨어진 곳에 카메라를 중심으로 둘러서 있는 스태프들을 포착한다. 비가 오고 있기 때문에 스태프들은 대부분 우산을 쓰고 있다.

박 PD (스스로를 억제하는 표정과 목소리로) 수미 씨, 긴
　　　　장을 풀고 편안한 마음으로. 좀 자연스럽게.
강수미 죄송해요. 대사가 헷갈려서……. (두어 번 헛기침
　　　　을 하며 목청을 가다듬는다.)
이정길 그리고 수미 씨, 교수님이 아니고 선생님이라고
　　　　하세요.
강수미 알았어요.
박 PD 자! 그럼 다시 한번 해봅시다. 준비됐습니까?
서인하 준비됐습니다.
강수미 저도 준비됐어요.
박 PD 자! 그럼, 레디─ 큐!

그와 동시에 화면 구도는 이 신의 처음으로 돌아간다.

강수미 (처음보다는 한결 자연스러워진 표정과 목소리로)
       그런데 선생님, 선생님은 언제부터 시를 쓰기
       시작하셨어요?

서인하 음, 그게 그러니까 상당히 오래됐지. 최초로 시
       를 쓰기 시작한 건 고등학생 시절이었을 거야.

강수미 와아! 그렇게 일찍부터 시인이 되기로 마음먹으
       셨어요?

서인하 그때는 시인이 아니면 다른 아무것도 되지 않겠
       다고 생각했었지. 시를 위해 순교라도 하겠다는
       듯이 말이야.

강수미 그래서 이렇게 시인이 되신 거로군요. 혹시 후회
       는 하지 않으세요?

서인하 후회? 그렇지만 시인이 아니라면 달리 내가 뭘
       할 수나 있었겠어? 다만 한 가지, 시인이 된 죄
       로 돈을 많이 벌지 못하고, 그래서 평생을 부업
       에 시달려야 하는 게 문제지.

강수미 (의아해하며) 부업이라니요? 선생님이 무슨 부업
       을 하세요?

서인하 학교에서 교수질 하는 거 말야.

강수미 (이해할 수 없다는 듯이) 그럼 교수님은, 아니 선
       생님은 교수직을 부업으로 생각하세요?

박 PD (off) 오케이!

　그와 동시에 카메라 팬하면 스태프들은 다음 컷을 찍기 위해 카메라를 이동하고 있다.

강수미 (서인하에게) 오케이 사인이 난 거예요?
서인하 (약간 퉁명스레) 그래.
강수미 (가슴을 쓸어내리며) 휴우!
박 PD (서인하와 강수미 쪽을 향하여) 아주 좋았습니다. 수미 씨도 잘했고.

　강수미는 기뻐하는 표정으로 방긋 웃는다.

21 같은 장소

　화면에는 정자 추녀 밑에 나란히 서서 비를 피하고 있는 서인하와 강수미의 뒷모습이 실루엣으로 나타난다. 그들의 앞으로는 비안개 속에 모습을 드러내고 있는 강이 펼쳐져 있다. 그래서 처음에는 #20과 완전히 다른 장소처럼 느껴지게 된다. 그러나 이 신의 마지막 부분에 가면 #20과

같은 장소, 같은 시간이라는 것을 알게 된다

강수미   와아! 여기서 보니 정말 멋져요. 여기가 선생님
        고향이라고 들었는데 그게 사실이에요?
서인하   고향이라고 할 수는 없어. 초등학생 때 잠시, 약
        2년간 살았을 뿐이야. 그때 공무원이셨던 아버
        지가 이 고장으로 발령을 받으셨거든. 그후 곧
        세상을 떠나셨지만.
강수미   이런 아름다운 고장에서 자라셨으니 선생님은
        시인이 되신 거지요.
서인하   그러나 난 한번도 이 고장을 아름답다고 생각한
        적은 없어. 오히려 이 고장은 어린 나에게 많은
        상처를 주었지. 그래서 시인이 되었을지도 몰라.
강수미   상처를 줬기 때문에 오히려 시인이 되셨다고요?
        (이해할 수 없다는 표정을 짓다가 약간 서두르는
        듯하게) 그런데 선생님, 선생님은 언제부터 시를
        쓰기 시작하셨어요?
서인하   음, 그게 그러니까 상당히 오래됐지. 최초로 시
        를 쓰기 시작한 건 고등학생 시절이었어.
강수미   와아! 그렇게 많이…… (말을 잇지 못한다. 당황
        한 표정으로 뒤를 돌아보며) 죄송해요. 대사가 헷

갈려서…….

　그와 동시에 카메라는 180도 반대 방향에서 두 사람을
포착한다. 따라서 #20의 처음 상황과 동일하다. 다만 차이
가 있다면 두 사람의 등뒤에 스태프들이 포진하여 두 사
람의 뒷모습을 찍고 있다는 점이다.

박 PD　괜찮아. 편집하면 되니까.

　스태프들, 촬영 장비를 철수하기 시작한다.

22 미니 버스 안

　차 안에는 경쾌한 음악 소리가 들리고 강수미는 고개를
끄덕이며 작은 소리로 노래를 따라 부르고 있다.

이정길　(수첩을 펼쳐들고 서인하를 향하여 돌아앉은 채)
　　　　선생님의 지난번 시집 『시계들의 푸른 명상』에
　　　　도 온통 시니컬한 목소리가 가득했습니다. 그리
　　　　고 이번 책에서는 해커를 혁명가라고 하셨습니

다. 그건 어떤 의미죠?

    곁에 앉은 강수미는 이제 아예 손을 들어 음악에 맞추어 테크노처럼 보이는 가벼운 율동을 하고 있다.

서인하 그건 말하자면 해커야말로 상업주의의 질서를 교란시키는 테러리스트라는 거지요. 그리고 해커들의 작업이야말로 신자유주의 체제에서 일기 시작한 최초의 반체제 움직임이라는 말이죠.
이정길 그런데 마노 카비나는 어디죠? 그리고 마노 카비나에는 어떤 추억이 있으세요?

    이정길의 질문에 대답을 하려던 서인하는 춤을 추고 있는 강수미 때문에 방해를 받은 듯 그녀 쪽을 돌아본다. 처음에는 좀 못마땅한 듯이, 그리고 어처구니없다는 듯이 피식 웃는다.

박 PD (강수미의 율동을 바라보다가) 그게 무슨 춤이야?
강수미 (깜짝 놀란 표정으로 율동을 멈추며) 저도 모르겠어요. 그냥 한번 해본 거예요.

23 한적한 시골 마을

　스태프들은 미니 버스 문을 활짝 열어놓고 차 안에서 혹은 차 밖 길가에 놓인 평상에 걸터앉아 햄버거나 샌드위치 따위를 먹고 있다. 강수미는 샌드위치를 먹으며 눈으로는 만화책을 읽고 있다. 비는 그쳐 있다.

유영오 (만화책을 읽고 있는 강수미에게) 웬 만화책이야?
강수미 저 가게에 있길래 가지고 왔어.
서인하 (가볍게 빈정거리는 투로) 너는 읽으라는 내 책은
　　　　안 읽고 만화책만 읽는구나.

　강수미, 황급히 만화책을 덮으며 민망스런 표정으로 씽긋 웃는다.

박 PD (정수길을 향하여) 이제 비가 좀 그치려나?
정수길 오후에 전국적으로 비가 온대.
강수미 (정수길을 향해) 감독님, 많이 드시고, 저 예쁘게
　　　　찍어주셔야 해요.
정수길 예쁘게 생겼어야 예쁘게 찍어주지.

스태프들, 와르르 웃는다. 강수미는 정수길을 향해 귀엽
게 눈을 흘긴다.

#24 산이 있고 다리가 있는 한적한 길

서인하와 강수미는 우산을 함께 쓴 채 마주보고 서 있
다. 강수미는 더없이 다정한 손길로 서인하의 머리를 손질
해 주고 있다. 그러나 서인하는 몹시 어색한 듯 움찔거리
며 강수미의 손길을 피하기도 한다.

강수미 이제 됐어요. 이렇게 하니 훨씬 미남이잖아요.

두 사람은 함께 우산을 받으며 다리 위를 걷기 시작한
다. 걸으면서 강수미는 서인하의 팔짱을 낀다.

강수미 선생님의 시 「산은 돌아앉아 물레를 잣고」의 배
        경이 여기라고 들었는데 그게 사실인가요?
서인하 사실이야. 저길 봐. 저 산들이 흡사 돌아앉아 무
        엇에 열중하고 있는 것 같잖아.

　　두 사람은 걸음을 멈추고 산 쪽을 바라본다. 그런 두 사
람의 모습은 더없이 다정한 연인 같다.

강수미　(다소 과장된 목소리로) 어머! 그러고 보니 그렇
　　　　네요. 정말 놀라워요. 정말 산들이 돌아앉아 있
　　　　는 것 같아요. 물레를 잣고 있는 여인들처럼 말
　　　　예요.
서인하　시인들은 남들이 미처 보지 못하는 것을 보는
　　　　사람들이라 할 수가 있지.

　　그때 AD 유영오가 다급하게 두 사람 사이에 끼여든다.

유영오　잠깐만요, 선생님. (다짜고짜 서인하의 뒷주머니에
　　　　서 마이크 장치를 꺼내어 스위치를 올리며) 죄송
　　　　합니다. 오디오 스위치를 켜지 않았습니다.

　　카메라 팬하면서 저만치 개울가에 세워져 있는 카메라
와 그 곁에 둘러 서 있는 스태프들이 보인다.

박 PD　(두 손을 입에 모은 채 큰소리로) 죄송합니다, 선
　　　　생님. 한번만 더 가겠습니다.

서인하와 강수미, 다시 처음 위치로 돌아간다.

서인하 (유영오에게) 굳이 이렇게 바짝 붙어서 가야 하
　　　나요?
유영오 오디오가 하나밖에 없어서 그래요.

　서인하와 강수미는 다시 우산을 쓰고 팔짱을 낀 채 걸
어가기 시작한다. 전체적인 포맷은 이 장면의 처음과 똑같
다. 그러나 처음에 비하면 어딘지 모르게 다소 어색해져
있다.

강수미 어머! 산들이 모두 돌아앉아 있는 것 같네요. 선
　　　생님의 시 「산은 돌아앉아 물레를 잣고」의 배경
　　　이 여기라고 들었는데 그게 사실인가요?
서인하 그건 사실이야. 저길 봐. 저 산들이 흡사 돌아앉
　　　아 물레를 잣고 있는 것 같잖아.

　두 사람은 걸음을 멈추고 산 쪽을 바라본다. 그때 갤로
퍼 한 대가 다리를 건너 두 사람이 있는 쪽으로 달려온다.

박 PD (off) 저건 뭐야? 컷!

　　다리를 건너온 갤로퍼는 두 사람 앞을 스치고 지나간다.
그러고는 길가에 정지한다. 사이드 브레이크 잡는 소리가
나고 이어 문이 열리면서 김갑수가 차에서 내린다. 그는
처음 한동안 몹시 주저하다가 마침내 용기를 내어 서인하
에게로 다가간다. 그는 서인하보다는 대여섯 살쯤 많아 보
이고, 덩치가 좋고, 얼굴이 검다.

김갑수　(주저하는 표정과 목소리로 서인하에게) 혹시 죽
　　　　산 국민학교 나오지 않았습니까?

서인하　(알아듣지 못하고) 뭐라고요?

김갑수　죽산 국민학교 졸업하지 않았느냐고요?

서인하　(의아해하는 표정으로) 졸업은 안했지만, 다니기
　　　　는 했습니다.

김갑수　(좀더 확신을 가지고) 그럼 혹시 54회 아닙니까?

서인하　(약간 곤혹스러워하는 표정이 되어) 몇 회인지는 모
　　　　르지만 64년부터 65년까지 2년간 다녔습니다.

김갑수　(잠시 생각에 잠긴 표정을 짓다가 마침내 확신에
　　　　찬 표정으로) 64년부터 65년까지라면…… 혹시
　　　　서인하 씨 아닙니까?

서인하　맞습니다.

김갑수　(몹시 호들갑스럽게) 맞제? 니 인하 맞제? (손을

내밀며) 아따, 반갑다. 니 내 모르겠나? 갑수다,
김갑수.

　서인하는 김갑수와 악수를 하면서도 상대가 누구인지를
전혀 모르겠다는 표정을 짓는다. 강수미는 이 돌발 사태가
재미있다는 듯이 웃음을 꾹 참고 있는 표정이다. 카메라
팬하면 저편에 운집해 있는 스태프들이 포착된다.

박 PD　뭐야?
유영오　글쎄요. 교수님 아는 사람인 것 같은데요.
박 PD　에이 씨! 촬영하는데…….

　다시 카메라 팬하면,

김갑수　울 아부지가 읍내 술도갓집 했다. 상리 술도갓집
　　　　김갑수. 니하고 한 반에 안 댕겼나. 너거 아부지
　　　　는 그때……. (잠시 기억을 더듬다가 마침내 생
　　　　각이 났다는 듯이) 공무원이었제? 그때 너거 집
　　　　이 우리집 바로 옆에 안 있었나. 그래도 날 모
　　　　리겠나?
서인하　(아무것도 기억나지 않지만 이 낯선 사나이와의 대

화를 빨리 끝내기 위해 마지못해 그렇게 하는 표
정과 목소리로) 아, 예.
김갑수 인제 생각나나? 니는 그때 별명이 오줌싸개 아
이가.

서인하는 민망스런 표정을 짓고 있고, 강수미는 참았던
웃음을 마침내 터뜨린다. 그때 유영오가 나타나 사태의 추
이를 관망한다.

김갑수 그때 니는 공부 참 잘했다. 책도 많이 읽고. 그
래, 요새 뭐하노?
서인하 (몹시 곤혹스런 표정과 목소리로) 예, 그냥…….
유영오 (김갑수에게) 죄송합니다. 지금 촬영중이거든요.
김갑수 (스태프들 쪽을 한번 힐끔 돌아보고는 유영오에게)
아, 예. 지금 영화 촬영합니까? 미안합니다. (서
인하에게) 그럼 니 영화배우 하나?
유영오 지금 촬영중이니 촬영 끝나고 말씀 나누도록 하
세요.
김갑수 아, 예! 죄송합니다. (슬금슬금 뒤로 물러나며 서
인하를 향하여 빠르게) 나는 군청 계장이다. 산림
계장. 아따, 니 참 반갑다. (이렇게 말하고는 자신

의 갤로퍼 옆으로 가 선다. 촬영하는 모습을 구경
하려고 마음먹은 사람처럼.)
유영오 차를 좀 빼주셔야 되겠습니다. 거기다 세워두면
화면에 잡히거든요.
김갑수 아, 예.

   김갑수는 마침내 차에 오르고, 강수미는 푸하하 웃음을
터뜨린다.

25 미니 버스 안

   차는 정차해 있고 대부분의 스태프들은 출발을 기다리
고 있다. 서인하는 지친 표정을 짓고 있다. 그리고 다른 스
태프들은 전체적으로 어딘지 모르게 신경이 날카로워 보
인다. 거기에 비하면 강수미는 활기에 차 있다.

이정길 (핸드폰에 대고 사무적인 목소리로) 비가 와서 사
정이 영 좋지가 않아요, 부장님. 그야말로 강행
군이에요. / 그건 서울 올라가서 말씀드릴게요. /
다음 촬영은 20일인데 그때까지는 시간이 있잖

아요. / 그건 그래요. 그렇지만 아직 섭외도 하지
않았는데 그것부터 할 수는 없잖아요.

　　이정길의 이런 통화가 계속되고 있는 동안 정수길은 카
메라를 안은 채 차에 오른다. 그는 카메라가 비를 맞지 않
게 하려고 무척 애쓰는 모습이다.

강수미　수고하셨어요, 감독님!
정수길　응, 너도 수고했어.
박 PD　(강수미를 돌아보며) 재미있었어?
강수미　예, 너무너무 재미있었어요.
서인하　(박 PD에게) 이렇게 비가 와서 어떻게 하죠?
박 PD　하는 수 없죠, 뭐. 하늘이 하는 일을 어떻게 하겠
　　　　어요.
유영오　(버스 문을 닫으며) 기사님, 출발합시다.

　　버스가 움직이기 시작한다. 그때 요란한 핸드폰 소리가
나고 강수미는 황급히 핸드폰을 꺼내 든다.

강수미　응, 지금 이동중이야. / 몰라. (손으로 차창을 닦아
　　　　내며) 도무지 분간할 수가 없어. 비가 오고 있거

든. / 까불지 마! / 너 자꾸 그렇게 까불면 서울 가서 가만 안 둘 거야. / 알았어. / 걱정하지 마. / 내 걱정 하지 말고 너나 잘해.

26 강가

비가 내리고 있는 강가에 스태프들이 모여 서 있고 정수길은 강의 풍경을 스케치하고 있다. 유영오는 카메라와 카메라 감독 위로 우산을 씌워주고 있다. 저만치 떨어진 곳에서 이정길은 핸드폰을 들고 무어라 통화를 하고 있다.
카메라, 천천히 정수길의 카메라 쪽으로 다가가면 카메라 오디오에서 서인하와 강수미가 나누는 대화가 흘러나오고 있다.

강수미 (카메라 오디오를 통하여, off) 제발 움직이지 말고 가만히 좀 있으세요.
서인하 (카메라 오디오를 통하여, off) 그렇지만 난 너무 늙었어.
강수미 (카메라 오디오를 통하여, off) 교수님이 뭐가 그렇게 늙었다고 그래요? 이십대처럼 만들어드릴

테니 제가 하는 대로 꼼짝하지 말고 계세요. 아
시겠죠? (잠시 후) 제가 이렇게 해드리니까 행복
하지 않으세요?

극중 카메라 오디오에서 이런 대화가 흘러나오는 동안
실제 카메라 팬하면서 저만치 강가 언덕 위에 세워져 있
는 미니 버스가 포착되고, 카메라는 다시 미니 버스를 향
해 천천히 다가간다.

27 강가 언덕 위에 세워져 있는 미니 버스 안

텅 빈 버스 안 뒤편에는 서인하와 강수미가 마주보고
앉아 있다. 강수미는 허벅다리가 다 드러나는 아주 짧은
하얀 반바지와 어깨와 가슴이 노출되는 가느다란 끈으로
어깨걸이를 한 여름용 셔츠를 입은 채 다소 흐트러진 자
세로 앉아 서인하의 분장을 해주고 있다. 그러나 처음에
관객은 강수미가 서인하의 분장을 해주고 있다고 느끼지
는 못한다. 다정스레 서인하의 얼굴을 쓰다듬고 있는 그녀
의 동작은 사랑을 표현하는 연인의 동작 같다는 착각을
불러일으킨다.

강수미 생각해 보면 교수님이 무지 고마워요. 교수님이
       아니었음 제가 어떻게 이런 델 다 와볼 수나 있
       었겠어요.
서인하 (강수미의 손에 자신의 얼굴을 내맡긴 채) 그렇지
       만 그게 어디 나한테 고마워할 일인가? 니 친구
       하영이한테 고마워할 일이지.
강수미 (다소 신경질적으로) 하영이 이야긴 이제 그만하
       세요. (잠시 후 다소 누그러진, 그리고 은근한 목
       소리로) 제가 이렇게 잘해 드리고 있는데 자꾸
       하영이 이야기만 하시면 어떻게 해요?

  이런 대화가 오가는 동안 카메라는 서인하의 무릎에 걸
치다시피 되어 있는 강수미의 하얀 허벅다리와 담배를 들
고 있는 서인하의 손를 서서히 클로즈업한다. 강수미의 반
바지는 그 틈 사이로 음부가 보일 듯이 짧고, 서인하의 손
가락 사이에 끼워져 있는 담배에서는 금방이라도 재가 떨
어질 것만 같다.

서인하 (off) 굳이 이렇게 해야 하나?
강수미 (off) 아무래도 낫지요.

그 순간 서인하의 손은 곧 입을 향하여 올라간다. 그와 함께 서인하는 담배를 피우려고 고개를 오른쪽으로 돌린다.

강수미 (서인하가 고개를 돌리지 못하도록 그의 얼굴을 두 손으로 잡으며) 좀 가만히 있으세요. 그렇게 자꾸 움직이시면 분장이 지워진단 말예요.

그때서야 관객들은 강수미가 지금 하고 있는 짓이 분장이라는 것을 깨닫게 된다. 강수미의 제지에도 불구하고 서인하는 개구쟁이 같은 표정과 동작으로 담배 한 모금을 빤다. 그때 서인하의 상의에 부착되어 있는 마이크가 클로즈업된다.

강수미 어휴! 그렇게 담배가 맛있으세요? 교수님은 꼭 개구쟁이 같으세요. 자꾸 그렇게 나쁜 짓만 하시니 여태 장가도 못 가시는 거지요.

강수미의 마지막 대사는 #26에서 들은 바 있는 정수길의 카메라 오디오 소리로 변한다.

28 # 26과 동일 장면

　　주변 풍경을 스케치하고 있는 카메라의 오디오에서 들려오는 강수미의 대사에 주변의 스태프들, 와르르 웃는다. 이어 카메라의 오디오에서 요란한 핸드폰 소리가 들려온다.

서인하 (카메라 오디오를 통하여, off) 남자 친구한테서 걸
　　　　려오는 거니?
강수미 (카메라 오디오를 통하여, off) 아마 그런가 봐요.
박 PD (유영오를 향하여) 가서, 준비 다 됐으면 나오라
　　　　고 해.
유영오 예, 알았습니다. (미니 버스를 향해 달려간다.)

29 미니 버스 안

　　분장을 다 마친 듯 서인하는 이제 담배를 피우며 거울을 들여다보고 있고, 강수미는 분장 도구를 챙기면서 핸드폰을 들고 통화를 하고 있다.

강수미 (전화기에 대고) 알았어. 내가 나중에 전화할게.

지금 일하고 있는 중이란 말야.
유영오 (off) 준비 다 됐으면 이제 나오세요.
강수미 (전화기에 대고 다급한 목소리로) 알았어. 지금 촬
영 나가야 된단 말야. 그래, 알았어. 촬영 끝나면
전화할게. 끊어.

강수미, 전화를 끊고 약간 난감해하는 표정으로 서인하
를 올려다본다.

강수미 (한 차례 쌩긋 웃고는) 보시면 안 돼요.

이렇게 말하고는 윗도리를 훌렁 벗어버린다. 그러자 노
브라의 젖가슴이 고스란히 드러난다. 강수미는 서둘러 옷
을 갈아입기 시작한다. 서인하는 처음에는 약간 당황한 표
정으로, 그리고 나중에는 넋을 잃은 표정으로 바라보고 있
다. 강수미는 그러한 그를 돌아보며 쌩긋 웃는다.

30 달리는 미니 버스 안

차창 밖에는 어둠이 내리고 있고, 스태프들은 대부분 잠

들어 있다. 하루 일과를 마치고 숙소로 돌아가는 것처럼
보인다. 강수미도 서인하의 어깨에 기댄 채 자고 있고 서
인하는 돋보기를 쓰고 책을 읽고 있다.

31 어느 식당 안

모든 스태프들이 둘러앉아 삼겹살에 소주를 먹는다.

박 PD (소주잔을 쳐들어 보이며) 오늘 하루 수고들 많으
          셨습니다. 선생님도 수고하셨고, 수미도 수고했고.
서인하 몇 컷 찍지도 못하고 이렇게 자꾸 먹기만 하니
          왠지 미안한걸.

스태프들, 와르르 웃는다.

박 PD 걱정하지 마십시오. 내일이라도 날이 들면 강행
          군을 해야 해요.

스태프들, 저마다 소주를 마신다. 강수미는 소주가 쓴지
치를 떤다.

그때 대학생처럼 보이는 젊은 여자 한 사람이 서인하 곁으로 다가온다.

    여자 혹시 시인 서인하 선생님 아니신가요?
서인하 맞아요.
    여자 (다소 호들갑스럽게) 그렇지요? 저는 선생님 애독
        자예요. 어머! 이런 데서 만나뵙다니 영광이에요.
박 PD 유명인은 어딜 가나 다르다니까.
강수미 (여자를 올려다보며) 사인 좀 해달라고 그러세요.
    여자 그래야겠네요.

    그녀와 함께 온 것으로 보이는 젊은 남자 한 사람이 이쪽을 향해 빙그레 웃고 있다.

32 어느 여관 앞, 밤

    미니 버스가 서 있고 스태프들은 차에서 짐을 내린다. 서인하와 강수미는 여관 안으로 들어간다.

강수미 저는 교수님이 그렇게 유명한 분인 줄은 몰랐어요.

서인하 (약간 퉁명스레) 너는 TV 스타한테만 관심이 있
　　　　지, 나같이 가난한 시인한테는 아무 관심 없잖아.
강수미 교수님이 뭐가 가난하다고 그러세요?
이정길 선생님, 편히 쉬십시오.
서인하 다른 사람은 안 올라가요?
이정길 촬영 장비를 올려야 하니까요. 먼저 올라가세요.

33 엘리베이터 안

　좁은 엘리베이터 안에는 서인하와 강수미가 타고 있다.
그들은 아무 말 하지 않고 서 있다. 잠시 후 엘리베이터
문이 열린다. 두 사람은 엘리베이터에서 내린다.

34 여관 복도

　서인하와 강수미는 엘리베이터에서 내려 여관 복도를
따라 걸어간다. 두 사람은 703, 704호실 앞에서 멈춰선다.

서인하 (704호실 문 앞에서) 잘 자.

강수미 (703호실 문 앞에서) 교수님도요.

　　두 사람, 각자의 방문을 연다. 두 사람은 약간 머뭇거리
는 듯이 보인다. 그러나 그들은 곧 자신의 방으로 들어간
다. 그리고 문이 닫힌다.

#35 서인하의 여관방 안

　　서인하는 침대에 누워 책을 읽고 있다. 그러다가 책갈피
에서 사진 한 장을 꺼낸다. 그는 한참 동안 그 사진을 들
여다본다. 그러다 사진을 침대 머리맡 탁자 위에 내려놓고
다시 책을 읽는다. 카메라, 서서히 그 사진 쪽으로 접근하
여 클로즈업한다. 그것은 #4의 도입부에서 본 사진과 동
일하다. 화면은 약 5초간 정지된다. 그리고 사진 속의
〈Mano Cavina〉라는 간판에 불이 들어온다.

#36 서인하의 꿈속 장면

　　처음에는 #27의 도입부와 흡사하다. 말하자면 서인하와

강수미가 마주보고 앉아 있고, 강수미는 더없이 다정한 눈빛과 손길로 서인하의 얼굴을 쓰다듬고 있다. 그러나 #27과는 달리 어두운 조명 때문에 배경은 퍽 모호하다. 그런데 강수미의 뒤편에 앞 장면의 마지막에서 본 사진 속의 〈Mano Cavina〉가 반짝거리고 있다. 이 장면의 마지막 순간을 제외하고는 무성 영화처럼 침묵 속에서 진행된다.

처음에는 다정하게만 보이던 강수미의 눈빛과 손길이 점점 은근하게 그리고 점점 격정적으로 변해 간다. 짧은 반바지를 입은 그녀의 하얀 아랫도리는 서인하에게로 접근하고 있다.

처음에 서인하는 스스로를 억제하려고 애쓰고 있다. 그러나 마침내 그의 오른손은 담배를 바닥에 떨어뜨리고 강수미의 허벅다리를 애무한다. 그와 동시에 강수미는 두 팔로 서인하의 목을 틀어안으며 격정적인 키스를 하기 시작한다. 이때부터 두 사람의 행동은 급격한 속도로 진행된다. 서인하는 강수미의 티셔츠를 다급하게 걷어올리고, 티셔츠가 벗겨지자 그녀의 젖가슴에 얼굴을 묻는다. 그런 서인하의 머리를 안은 채 강수미는 뒤로 쓰러진다. 이어 강수미의 반바지가 벗겨진다. 그 순간 〈억!〉 하는 서인하의 짧은 비명과 함께 OL.

37 서인하의 여관방

　침대 위에 누워 혼자 자고 있는 서인하가 몸을 뒤척이고 있다. 그러나 그의 자세가 #36의 마지막 부분과 동일할 필요는 없다.

　OL이 끝나자 서인하는 벌떡 자리에서 일어나 앉는다. 그는 당혹스럽고 민망스럽고 그리고 낭패스러워하는 표정을 짓고 있다. 그때 어디에선가 이상한 소음이 들려온다. 그 소리는 아주 모호하고 규칙적이고, 그리고 어딘지 모르게 불길한 느낌마저 준다. 서인하는 불안한 표정으로 시계를 들여다본다. 침대 머리맡 탁자 위에는 읽다가 둔 책과 사진과 돋보기가 놓여 있다.

38 여관 앞, 아침

　서인하는 어수선한 얼굴로 여관을 나선다. 미니 버스 주변에 모여 있던 스태프들, 저마다 그에게 인사를 한다. 그러나 강수미는 약간 떨어진 곳에서 핸드폰으로 통화하는 데 열중하고 있다. 스태프들, 저마다 버스에 오른다. 그때서야 통화를 마친 강수미가 뛰어온다.

강수미 (명랑하고 발랄하게) 안녕히 주무셨어요?
서인하 (몹시 서먹서먹해하는 얼굴로) 응, 잘 잤어.

#39 미니 버스 안

버스는 어느 시골 읍내를 빠져나와 한적한 길을 천천히 달리고 있다. 열려 있는 창문으로 가로수들이 스쳐가고 매미 소리가 들린다.

박 PD (강수미 쪽을 돌아보며) 간밤엔 뭘 했어?
강수미 (off) PC방에 갔었어요.
박 PD (off) 이런 시골에도 PC방이 있어?
강수미 (off) 그럼요. 요즘이 어떤 시댄데.
박 PD PC방에서 뭐했어?
강수미 메일 체크하고 스타크래프트 좀 하다가 왔어요.

그때 〈삐삐삐〉 하고 핸드폰에 문자 메시지 도착 신호가 울리고 강수미는 황급히 핸드폰을 연다. 그리고 문자 메시지를 보내기 시작한다.

40 어느 시골 마을 안

　어느 집에 잔치가 있는지 풍물패가 신나게 풍물을 치고 있고, 마을 사람들은 함께 어울려 덩실덩실 춤을 추고 있다. 구경꾼들 틈에 끼여 구경을 하고 있던 강수미는 신명이 나서 견딜 수 없는지 어깨를 들썩이고 있다. 그러던 끝에 마침내 춤판으로 나아가 사람들과 어울려 춤을 추기 시작한다. 그녀의 춤 동작은 귀엽고 사랑스럽다.

박 PD　(어처구니가 없다는 듯이) 누가 쟤 좀 말려줘라. 이정길　내버려둬.

　약간 떨어진 곳에 서 있는 서인하는 빙그레 웃고 있다.

41 시골 마을 안 공터

　풍물 소리가 계속되는 가운데 마을 사람들이 돼지를 잡고 있다. 그때 촬영 장비를 둘러멘 스태프들이 오고 있다. 촬영장으로 이동하고 있는 중인 것 같다. 일행의 맨 앞에서 오고 있던 강수미는 아직도 신명이 다 가라앉지 않았는지 풍물 소리에 맞추어 어깨를 들썩이고 있다. 그러던 중 그녀는 돼지 잡는 모습을 목격하고는 갑자기 극도로 공포에 찬 비명을 지르며 달아난다. 그런 그녀의 모습이 재미있는지 스태프 중 몇몇은 웃고 있다.

42 돌담길 모퉁이

강수미는 돌담길 모퉁이에 혼자 쪼그리고 앉아 어린애처럼 엉엉 소리내어 울고 있다. 그때 스태프들이 달려온다.

서인하 (강수미 곁에 앉아 그녀의 어깨를 토닥이며) 왜
      그래?

강수미는 슬피 울고 있을 뿐 말이 없다.

서인하 돼지 잡는 거 처음 보니? 돼지는 본래 저렇게
      잡는 거야.
강수미 (항의하듯) 본래 저렇게 잡는 거라고요? 사람들
      이 어떻게 그렇게 잔인할 수가 있어요? 돼지가
      불쌍하지도 않으세요?

이렇게 말하고 난 강수미는 입을 일그러뜨리며 다시 울기 시작한다. 스태프들, 와르르 웃음을 터트린다.

박 PD 그러면서 엊저녁에 보니 너 삼겹살만 잘 먹더라.
강수미 (단호하게) 이제 다시는 돼지고기 안 먹어요.

#43 맑은 물이 흐르는 개울가

부슬비가 내리고 있다. 서인하와 강수미는 촬영을 기다리고 있는 듯이 보인다. 강수미, 몹시 추운 듯 오들오들 떨며 대본을 들여다보고 있다. 그 모습이 약간 측은해 보인다. 서인하는 자신의 윗도리를 벗어 강수미에게 걸쳐준다. 따라서 그의 윗도리 속에 숨겨져 있던 마이크 선이 고스란히 드러난다.

강수미 고마워요.
박 PD (off) 자! 준비하시고!

그와 동시에 카메라 팬하면 저만치 스태프들이 보인다.

44 달리는 미니 버스 안

#22에서 들은 것과 비슷한 음악이 흘러나오는 가운데, 서인하는 시상이 떠오른 듯 노트에다 무엇인가 적고 있고, 강수미는 혼자 율동에 몰두하고 있다. 밖에는 비가 오고 있다.

잠시 후 서인하는 강수미를 돌아본다. 그녀의 춤 동작이 몹시 귀엽고 흥미롭다는 표정이다. 서인하의 그런 눈길을 전혀 의식하지 못하는 듯이 강수미는 춤에만 몰두하고 있다. 그러다 잠시 후,

강수미 (갑자기 율동을 멈추고 몹시 다급한 표정과 목소리
　　　로) 기사 아저씨, 차 좀 세워주세요.
박 PD (강수미를 돌아보며) 왜? 또 오줌 마려운 거야?
강수미 (몹시 부끄러운 듯) 아이!

스태프들, 와르르 웃음을 터뜨린다. 서인하도 허허 웃는다. 차는 멎는다.

45 숲이 있는 한적한 길가

　비가 오고 있는 길가에 미니 버스가 와 멎고, 그와 동시에 유영오가 우산을 펼쳐 들며 차에서 내린다. 그 뒤를 따라 강수미도 차에서 내린다.

유영오　(우산을 강수미에게 건네주며) 저기 숲속에 들어
　　　　가 누고 와.
강수미　알았어요. (좌우를 두리번거리다가 쪼르르 숲속으
　　　　로 달려 들어간다. 그리고 다시 한번 좌우를 두리
　　　　번거린 끝에 하얗게 엉덩이를 까고 쪼그려 앉는다.)

46 정지해 있는 미니 버스 안

　일행은 오줌 누러 간 강수미가 돌아오기를 기다리고 있는 중이다. 앞에서 들은 음악 소리는 계속되고 있다.

서인하　저런 말썽꾸러기를 데리고 와서 아주 민망스럽
　　　　네요.
박 PD　저 나이에는 다 그렇지요.

서인하 그렇게 이해해 주시니 다행이네요.

박 PD 끼가 있어요. 다큐라서 그렇지 다른 프로에 나가
      면 끼를 살릴 수도 있을 것 같아요.

   이정길은 박 PD의 말에 동의한다는 듯이 고개를 끄덕
인다.

서인하 나도 그렇게 생각해요. 그래서 말인데, 저 애를
      위해서 이런 장면 하나쯤을 찍어 넣으면 어떨까
      하는 생각이 문득 들었어요.

이정길 어떤 장면요?

서인하 (대본을 들어보이며) 다큐라는 게 다 그렇지만
      아무래도 좀 딱딱하고 심심한 것 같아요. 그래
      서 중간에 이런 장면 하나를 찍어 넣으면 아주
      재미있겠다는 생각이 들어요.

이정길 (운전사를 향해) 어이, 윤 기사, 라디오 좀 꺼.

   음악 소리가 멎는다. 그때 강수미가 차에 오른다.

운전사 다 넣어?

강수미 (민망스러운지 쌩긋 웃으며) 예.

　　강수미는 자신의 자리로 돌아와 앉고 차는 다시 출발
한다.

이정길　하시던 얘기 계속해 보세요.
서인하　아, 예. 가령 말예요, 가령, 수미와 내가 한적한
　　　　시골 마을 국도변에 있는 버스 정류장 벤치에
　　　　앉아 버스를 기다린다, 그런데 곁에 앉은 수미
　　　　는 오줌이 마려운 듯 어쩔 줄을 몰라한다. (스태
　　　　프들, 와르르 웃음을 터뜨린다. 강수미는 아무 말
　　　　하지 않고 듣고 있다) 그래서 내가 수미를 돌아
　　　　보며 〈왜 그래?〉 하고 묻고, 수미는 몹시 쑥스
　　　　러워하며 대답을 못하지요. 그러면 내가 〈또 오
　　　　줌이 마려운 거로구나, 그렇지?〉 하고 말하고,
　　　　수미는 여전히 대답을 못하지요. 그러면 나는
　　　　한차례 좌우를 살펴보고는 〈그럼 저기 가서 눠〉
　　　　하고 말하고, 수미는 〈아이, 어떻게?〉 하고 말하
　　　　지요. 그러면 나는 〈그럼 어떻게 해? 아무도 보
　　　　는 사람 없으니 가서 누고 와〉 하고 말하지요.
　　　　(스태프들, 다시 와르르 웃는다) 중간에 갑자기
　　　　이런 장면이 하나 들어가면 다큐멘터리가 생동
　　　　감을 얻을 거예요. 수미의 캐릭터도 확 살아나

고…… 시청자가 보면 수미가 갑자기 귀엽게 느
껴질 거 아녜요.

이정길 (진지하게) 재미있어요. 아주 감각적이기도 하고
요.

박 PD 그렇지만 다큐에 그런 장면이 들어가면 너무 파
격적이지 않을까?

이정길 (의욕을 보이며) 이제 다큐도 형식을 좀 파괴하
기는 해야 해요. 천편일률적인 형식에 시청자들
도 식상해 있어요.

박 PD 나도 그게 재미있다는 건 알아. 그렇지만 그게
심의위원회에 통과나 될까? 우리나라 방송 심의
위원이라는 사람들이 어떤 사람들인가 하는 건
자기도 잘 알잖아.

정수길 통과 안 될 거야 뭐 있겠어? 길을 떠나다 보면
오줌이 마려울 수도 있고, 그걸 그대로 넣으면
확실히 생동감이 나지.

박 PD (자신없는 표정과 목소리로) 그렇지만…….

정수길 일단 찍어보고, 정히 안 되면 그때 가서 잘라버
리면 되잖아.

박 PD (자신없는 표정과 목소리로) 찍어보는 거야 어려
울 거 없지.

강수미 (단호하게) 그렇지만 전 싫어요. 그런 게 방송에
　　　　나가면 사람들이 저더러 뭐라고 하겠어요? 오줌
　　　　싸개라 하지 않겠어요?
서인하 (답답하다는 듯이) 이런 바보! 연기자라면 바로
　　　　그런 신에 탐을 내는 거야. 잘 찍으면 잊을 수
　　　　없이 귀여운 캐릭터가 탄생하는 거야.

　　스태프들은 고개를 끄덕인다. 그러나 강수미는 〈이런 바
보!〉라는 말에 몹시 화가 난 표정을 짓는다.

47 둑길

　　비는 그쳐 있다. 서인하와 강수미는 강을 따라 난 긴 둑
길을 걸어오고 있다. 처음에 관객은 촬영 장면일 거라고
생각한다.

서인하 너 이런 시골에 와봤어?
강수미 아니요. 생전 처음이에요.
서인하 서울에서 태어났구나?
강수미 예. 서울에서 나서 서울에서만 쭉 자랐어요. 교

수님 고향은 여기라 하셨죠?
서인하 여기가 고향이라고 할 수는 없어. 2년간 살았을
       뿐이니까. 어릴 때는 여기저기 옮겨다니며 살았
       지. 그래서 고향이 어디라고 딱 잘라 말할 수가
       없어.
박 PD (off, 멀리서 들려오는 듯하게) 좋습니다. 거기서부
       터 걸어오시면 됩니다.

    카메라 팬하면 저 멀리 카메라 주변에 서 있는 스태프
들과 스태프들 주변에 자전거를 가진 아이들이 서서 구경을
하고 있다. 박 PD, 손을 흔들어 출발하라는 신호를 한다.

서인하 (엉거주춤 서서) 시작하라는 거지?
강수미 그런가 봐요.

    두 사람, 왔던 길을 천천히 되돌아가기 시작한다.

강수미 길이 참 아름답네요.
서인하 그렇지? 여름밤이면 이 길을 따라 걸으면서 더
       위를 식혔지. 여기 올라오면 선선한 바람이 불
       어왔거든. 여기서 보면 밤하늘에 별이 참 많았

지. 그리고 가설극장이나 서커스단이 들어오면
저기 저 강변에 천막을 치곤 했어. 이 둑에 올라
서면 들리는 서커스단의 트럼펫 소리는 어린 소
년의 가슴을 뛰게 했지. 그래서 나는 한때 서커
스단을 따라 떠나고 싶어했지. 그때 내 꿈은 서
커스단의 트럼펫 주자였어.
강수미 (재미있다는 듯 웃으며) 트럼펫은 불 줄 아세요?
서인하 나중에 고등학교에 들어가서 좀 배웠어.
강수미 어머, 멋있어요. 트럼펫이 있으면 한번 불어보시
라 할 텐데, 트럼펫이 없어 애석해요.

　　서인하는 손을 입에다 대고 애상적인 트럼펫 곡 한 소
절을 분다.

강수미 그 곡의 제목이 뭐예요?
서인하 마노 카비나의 추억.

48 같은 장소

둑길을 따라 동네 아이들이 타고 온 자전거를 빌려 타

고 있는 강수미의 모습이 실루엣으로 잡히고, 서인하와 이
정길이 무엇인가 진지하게 대화를 나누고 있다. 그들로부
터 저만큼 떨어진 곳에서는 카메라를 중심으로 스태프들
이 둘러서서 무엇인가 논의를 하고 있다.

49 저만치 다리가 보이는 개울가

　개울가에 카메라가 외로 세워져 있다. 그때 강수미가 호
기심 어린 표정으로 나타나 카메라로 다가가 대안렌즈 속
을 들여다본다. 처음에는 그냥 들여다보다가 나중에는 카
메라를 좌우로 돌리며 들여다본다. 그때 정수길이 나타나
그녀의 엉덩이를 찰싹 때린다.

강수미　어머! (엉덩이를 맞은 것에 약이 오른듯 〈에이
　　　　씨!〉 하며 정수길을 때릴 듯이 손을 쳐든다.)

　카메라 팬하면서 저만치 모여 앉아 캔맥주를 마시며 쉬
고 있던 스태프들이 일제히 웃음을 터뜨린다.

50 패랭이꽃이 핀 개울가

　강수미, 패랭이꽃을 들여다보고 있다. 이제 날이 개려는 듯 햇살이 쏟아지고 있고 매미 울음소리가 들린다. 잠시 후,

강수미　(뒤를 돌아보며) 이게 무슨 꽃이에요?
서인하　패랭이꽃.
강수미　교수님은 정말 모르시는 게 없는 것 같네요.
서인하　그렇지만 난 스타크래프트가 뭔지 모르잖니. (잠
　　　　시 후) 많이 속상했니?
강수미　뭘요?
서인하　카메라 감독한테 맞은 거.
강수미　아뇨.

　카메라 팬하면 저만치 촬영 준비를 하고 있는 스태프들이 보인다.

51 넓게 펼쳐진 보리밭 사잇길

　서인하와 강수미는 보리밭 사잇길을 천천히 걸어오고

있다.

강수미 (다소 과장되게) 이게 보리밭이라는 거로군요. 정
        말 멋있어요.
서인하 그렇지. 어릴 때 나는 이 길을 걸으면서 까닭없
        이 슬퍼하곤 했어. (혼잣말처럼) 하긴 그 무렵에
        아버지가 돌아가셨으니 그럴 만도 하지.
강수미 그때가 몇 살이었어요?
서인하 (잠시 생각에 잠기다가) 그때가…… 열한 살? 아
        니 열두 살이었어.

    두 사람은 잠시 아무 말도 하지 않는다. 약 5초 후,

서인하 그리고 이 길을 걸으면 이 길을 따라 멀리 가야
        만 할 것 같은 초조감이 들곤 했었지.
강수미 그래서 교수님은 멀리 외국에까지 가셨던 거로
        군요.
서인하 (혼잣말처럼) 그래. 어쩌면 그 때문이었는지도 모
        르지. 이 보리밭 길 때문에.
강수미 (방송 리포터의 목소리로) 이 길을 걸으시면서 혹
        시 윤용하의 「보리밭」이라는 노래는 부르지 않

았던가요?

서인하 왜 안 불렀겠어. 그 즈음에 그 노래가 유행이었
      는데.

강수미 그럼 그 노래 한번 불러보세요.

서인하 나는 노래를 잘 못해.

강수미 (떼를 쓰듯) 아이, 교수님, 한번 불러보세요.

  서인하는 마지못해 작은 소리로 노래를 부르기 시작한
다. 그의 노래가 진행되는 동안 카메라는 보리밭을 몽타주
하다가 마침내 저만치 보이는 스태프들과 그보다 멀리 미
니 버스가 보이는 광경을 포착한다.

박 PD (두 손을 입에 모으고 큰소리로) 오우 케이! 아주
      좋습니다, 선생님!

52 미니 버스 안

  강수미는 텅 빈 미니 버스 뒷자리에서 잠을 좀 자보려
는 듯 몸을 뒤척이고 있다. 그 바람에 민소매의 흰 블라우
스 틈서리로 노브라의 젖무덤이 약간 드러나 보인다.

그때 차 문이 열리고 서인하가 들어온다. 강수미는 자는
척 눈을 감고 꼼짝하지 않는다.

서인하 너 자니?

강수미는 대답이 없다. 그러자 서인하는 그런 그녀의 모
습을 잠시 굽어보고 있다가, 자신의 윗도리를 벗어 덮어준
다. 그리고 책을 들고 나간다. 서인하가 나가자 강수미는
눈을 뜬다.

53 개울가 자갈밭

일행은 촬영 장소를 옮기는 듯 개울가 자갈밭을 저벅저
벅 걸어가고 있다.

서인하 (곁에서 걸어가고 있는 강수미를 돌아보며 조심스
        런 목소리로) 카메라는 아무나 함부로 만지는 게
        아니야. 영화 촬영장에 가면 어떤지 아니? 허락
        없이 카메라를 들여다보고 있으면 엉덩이 걷어
        차이기가 일쑤야. 저걸 만지게 되면 촬영 감독

이 맞춰놓은 앵글이 흐트러질 수 있거든. 그리
고 카메라라는 게 촬영 감독한테는 전쟁에 나간
병사들의 무기와 같은 것이어서 다른 사람들 손
에 절대로 맡기지 않아.
강수미 (다소 신경질적으로) 저도 알아요. 학교에서 배웠
단 말예요.

54 개울물에 놓인 징검다리

서인하와 강수미는 징검다리를 건너고 있다. 바닥이 미
끄러운지 강수미의 자세는 위태로워 보인다. 서인하는 강
수미에게 손을 내밀어 손을 잡아준다.

강수미 아직도 이런 다리가 남아 있다는 게 신기해요.
서인하 동화 같지 않니?
강수미 그래요. 꼭 동화의 세계로 들어온 것 같아요.
박 PD (off) 오케이!

그와 동시에 카메라 팬하면서 카메라를 중심으로 운집
해 있는 스태프들이 보인다.

강수미는 마침내 일에서 해방되었다는 듯이 서인하에게
서 떨어져 깡총깡총 징검다리를 건너간다. 서인하도 그녀
의 뒤를 따라 징검다리를 건너간다. 이제 서인하의 자세가
오히려 위태로워 보인다.

55 미루나무가 서 있는 개울가

바람에 일렁이는 미루나무 가지들이 클로즈업된다. 잠시
후 카메라 팬하면 개울가 언덕 위에 미니 버스가 세워져
있고, 유영오와 운전사는 촬영 장비를 옮겨 차에 싣고 있
다. 하루 일과가 끝난 듯 박 **PD**와 이정길 그리고 서인하
가 둘러앉아 담배를 피우고 있다. 그들의 뒤로는 저녁 노
을이 붉게 타오르고 있다.

이정길 여기 이러고 있으니 선생님 시 한 구절이 떠오
　　　　르네요.
박 PD 어떤 시?
이정길 해가 지면 / 바람이 불고 / 바람이 불면 / 나의 팔
　　　　은 / 사방으로 펄렁인다.

이정길의 시 낭송이 잠시 정지된 사이 #47의 마지막 부분에서 들은 트럼펫 곡의 클라이맥스인 듯한 음악이 흐르기 시작하고 이정길은 계속해서 시를 낭송한다.

이정길   지금 / 어디 / 차가운 흙 위에서 / 붉은 뱀들은 울고 있을 것이고 / 나의 모든 시계들은 / 푸른 명상에 잠겨 있을 것이다 / 그리고 나는 안다 / 어둠이 오기 전에 / 유서를 완성해야 한다는 것을.

그때 저만치 개울가에서는 강수미가 돌멩이를 물에 던져 징검다리를 건너오고 있는 정수길에게 물을 튀게 하는 장난을 걸고 있다. 그러자 정수길은 커다랗고 넓적한 돌멩이를 집어든다. 강수미는 까르르 웃으며 달아난다. 서인하는 약간 근심스런 표정이 된다.

56 달리는 미니 버스 안, 밤

차는 어둠 속을 달리고 있다. 일행은 하루 일과를 마치고 돌아가는 것처럼 홀가분한 표정들을 하고 있다. 그러나 서인하는 좀 지쳐 보인다.

강수미 PD님, 오늘 저녁에는 우리 맛있는 거 먹어요!

박 PD (능글맞은 표정과 목소리로) 맛있는 게 뭔데?

이정길 (뒤를 돌아보며) 돼지고기?

　　스태프들, 와르르 웃는다.

강수미 아이, 작가님까지 왜 그러세요?

박 PD (강수미가 퍽 흥미롭다는 듯이) 수미야, 너는 가슴
　　　이 절절하게 아픈 사랑을 해본 적이 있니?

강수미 (잠시 생각하다가 진지하고 솔직하게) 아니요. 저
　　　는 한번도 그런 사랑 해본 적 없어요. 길게 사귀
　　　어봐야 두 달인걸요. 그래서 가슴 아파할 일도
　　　없었어요.

　　스태프들, 와르르 웃는다. 그러나 강수미는 당당하다.

이정길 그럼 지금 사귀는 남자 친구하고는 얼마나 됐어?

강수미 한 두 달…….

박 PD 그럼 이제 헤어질 때가 됐네?

강수미 그런 셈이죠.

스태프들, 다시 와르르 웃는다. 잠시 침묵이 흐른 뒤,

강수미 (서인하를 돌아보며) 교수님은요? 교수님은 그런
       사랑을 해본 적이 있으세요?
서인하 (약간 주저하는 표정과 목소리로) 물론 있지.
강수미 (흥미를 나타내며) 그게 언제였는데요?
서인하 20년 전.
강수미 그럼 그 여자는 어떻게 됐어요?
서인하 (잠시 주저하다가) 죽었어.
강수미 (다소 당돌하게) 그럼 20년 전에 죽은 그 여자
       때문에 교수님은 여태 장가도 안 가시는 건가요?

  강수미의 당돌함 때문에 스태프들은 와르르 웃는다. 서
인하는 약간 민망스러워하는 표정을 짓는다.

강수미 (당돌하게) 그 여자를 만난 것이 혹시 아까 그
       보리밭이 아니었나요?

  스태프들, 다시 와르르 웃는다.

서인하 (꿀밤을 먹이려는 듯이 손을 들어보이며) 어휴!

강수미는 까르르 웃으며 몸을 피한다.

57 어느 식당 안, 밤

긴 상을 가운데 놓고 좌우에 스태프들이 둘러앉아 저녁
을 먹고 있다. 서인하의 맞은편에는 이정길, 왼편에는 강수
미가 앉아 있고, 강수미의 맞은편에는 정수길이 앉아 있다.

이정길 (진지하게 수첩에 메모를 하며) 그런데 선생님은
　　　 양귀비를 마녀로 표현하셨는데, 그건 왜죠?
서인하 미슐레는 이런 말을 했어요. 젊고 아름다운 여자
　　　 에게는 마성이 있다고 말요. 아름다운 양귀비꽃
　　　 이 아편이 되잖아요. 우리나라 사람들도 같은 생
　　　 각을 했던 것 같아요. 옛날 이야기에 보면 흔히
　　　 백년 묵은 여우는 새파란 풀색시로 둔갑을 해서
　　　 나타나곤 하잖아요.

　이정길은 고개를 끄덕인다.
　서인하와 이정길 사이에 이런 대화가 오가는 동안 강수
미는 탁자 밑으로 다리를 쭉 뻗는다. 그러자 그녀의 맞은

편에 앉은 정수길이 움찔한다. 그러자 강수미는 쌩긋 웃는
다. 정수길도 의미 있는 미소를 보낸다. 서인하는 그런 그
들의 행동을 눈치 채지만 애써 모르는 척한다.

#58 어느 여관 앞, 밤

　어느 여관 앞에 미니 버스가 서 있고, 일행은 차에서 내
린다. 그러나 #32와는 다른 여관이다.

#59 엘리베이터 안

　#33과 비슷한 상황이다. 즉 엘리베이터 안에 서인하와
강수미가 나란히 서 있다. 잠시 후,

서인하　힘들지?
강수미　아뇨.

　그때 엘리베이터 문이 열린다.

60 여관 복도, 밤

아무도 오가는 사람이 없는 조용한 복도. 밤이 깊었다는 느낌이 감돈다.

약 5초 후 506호실 문이 조심스럽게 열리고 강수미가 얼굴을 내민다. 그녀는 빠르게 한번 복도 좌우를 살피더니 살금살금 508호로 다가간다. 그리고 조심스럽게 문을 두드린다. 잠시 후 508호실 문이 열리더니 정수길이 고개를 내민다. 강수미는 508호실 안으로 들어간다. 정수길은 빠르게 한번 복도 좌우를 살피고는 문을 닫는다.

508호실 문이 닫히고 약 5초 후 507호실 문이 열린다. 그리고 서인하가 나타난다. 그는 506호와 508호를 번갈아 보다가 507호실 안으로 사라진다. 복도는 다시 조용해진다.

61 서인하의 여관방 안

#37에서 들은 바 있는 소음이 들려오는 가운데 서인하는 소리의 출처를 밝혀내려는 듯이 벽면에, 방바닥에, 그리고 심지어는 의자 위에 올라가 천장에까지 귀를 기울인다. 처음에는 아주 약하게 시작된 소음은 점차 세진다. 그

소리가 절정에 달했을 때 까르르 웃는 강수미의 웃음소리,
속삭이는 소리, 그리고 신음으로 바뀐다. 그리고 급기야
괴성으로 바뀐다. 그 소리들은 요란한 전화벨 소리에 중단
된다. 의자 위에 올라 서 있던 서인하는 의자에서 내려와
전화 수화기를 집어든다.

서인하 여보세요.
  노파 (off) 나다. 에미다.
서인하 웬일이세요, 엄마?
  노파 (off) 웬일이냐니? 너는 에미한테 전화도 할 줄
       모르니? 죽었는지 살았는지 궁금해서 전화한다,
       왜?
서인하 낮에 전화 드렸잖아요.
  노파 (off) 그래도 어찌 걱정이 안 되겠어?
서인하 아무 일 없으니 걱정하지 마세요.
  노파 (off) 니 목소리를 들으니 아무 일 없는 것 같지
       가 않구나.
서인하 제 목소리가 어떻다는 거예요, 엄마? 자다가 일
       어나서 그럴 뿐이에요.
  노파 (off) 자다가 일어나서 그런 것 같지는 않구나.
       무슨 일이 있니?

서인하의 눈에는 글썽글썽 눈물이 고이고 있다.

  노파 (off) 그건 그렇고, 대학병원 오민수 교수한테서
         전화가 왔다.
서인하 오민수 교수한테서요? 그래 뭐라고 합디까?
  노파 (off) 뭐라고 하지는 않고 전화 좀 해달라고만
         하더라. 밤 늦게라도 좋으니 빨리 좀 해달라고.
서인하 (불안한 표정으로) 알았어요.

#62 서인하의 여관방 안 세면장, 새벽

  서인하는 꺼칠한 얼굴로 거울을 들여다보고 있다. 잠시
후 그는 면도 솔로 얼굴에 비누 거품을 바르기 시작한다.
그리고 #10에서 본 면도칼로 면도를 하기 시작한다. 그의
그런 동작에서 어떤 위기감을 느낄 수 있어야 한다.

#63 미니 버스 안, 아침

  미니 버스는 여관 앞에 주차해 있고, 대부분의 스태프들

은 출발을 기다리고 있다. 그때 강수미가 차에 오른다.

강수미는 스태프들을 향하여 〈잘 주무셨어요?〉 하고 인사한다. 그러던 중 정수길과 눈이 마주치자 쌩긋 웃는다. 정수길도 싱긋 웃는다. 박 **PD**는 낌새가 이상하다는 것을 느끼는지 두 사람을 힐끔 돌아본다.

강수미는 맨 뒷자리로 간다. 맨 뒷자리에 앉은 서인하, 부스스한 얼굴에 멍한 표정으로 창밖을 내다보고 있다.

강수미 (서인하 옆에 앉으며) 교수님, 잘 주무셨어요?

처음에 서인하는 고개를 돌리지도, 대답을 하지도 않는다. 약 3초쯤 지난 뒤에서야 마지못해 고개를 돌린다. 그러나 그때 강수미의 핸드폰이 울리고 그와 동시에 차가 움직이기 시작한다.

강수미 (핸드폰에 대고) 여보세요.

#64 어느 시골 마을 길

비가 내리는 가운데 꽃상여가 지나가고 있다. 처음에는

상여 소리와 함께 비에 젖은 만장들이, 이어 상여가, 그리고 슬픔에 찬 상주들과 사람들이 차례로 포착된다. 그리고 마침내는 길가에 주차해 있는 미니 버스가 포착된다.

미니 버스 창문으로는 스태프들이 다투어 밖을 내다보고 있다. 더러는 좀더 잘 보기 위해 창문에 서린 김을 닦아내고 있고, 더러는 빼꼼히 창문을 열고 있다. 심지어 정수길은 상여가 지나가는 모습을 담으려는 듯 카메라를 어깨에 메고 있다. 그러나 창가에 앉은 서인하는 슬픔에 찬 표정으로 고개를 숙이고 있을 뿐 창밖을 내다보지 않는다. 강수미는 그러한 서인하를 흔들며 창밖을 내다보도록 권하고 있다. 그러나 스태프들의 이런 모든 행동들은 식별할 수 있을 만큼 뚜렷해서는 안 된다. 관객들이 그런 추측만 할 수 있게끔 희미하게 처리되는 것이 좋다.

#65 미니 버스 안

차는 주차해 있고 스태프들은 촬영 장비를 내리고 있다. 그러나 밖이 어떤 곳인지는 잘 알 수 없다. 그도 그럴 것이 차창에 김이 서려 있기 때문이다.

박 PD (서인하와 강수미를 돌아보며) 이번에 찍는 게 어
   떤 신인지 아시죠?

   서인하는 고개를 끄덕인다.

박 PD 준비되면 부를 테니 선생님은 그때까지 차 안에
   서 쉬세요. 지금 밖에는 비가 오거든요.
강수미 PD님, 촬영 마치고 오늘 밤에 우리 나이트 가요.
박 PD 이런 시골에 무슨 나이트가 있어?
강수미 차 타고 조금만 나가면 되잖아요.
박 PD 놀 생각만 하지 말고 일이나 열심히 해.
강수미 제가 뭐 일을 열심히 하지 않았나요?
박 PD (잠시 생각하는 표정을 짓다가) 하긴 그래.
강수미 그런데 PD님은 왜 자꾸 저만 미워하세요?
박 PD 내가 언제 널 미워했다고 그래?
강수미 미워하셨잖아요. 방금도 교수님한테만 차 안에서
   쉬시라고 하시고 저한테는 아무 말 하지 않았잖
   아요.
박 PD (꿀밤을 한 방 먹이려는 듯이 손을 들어 강수미의
   이마 쪽으로 보내며) 어휴!

강수미는 까르르 웃으며 서인하의 무릎 위로 얼른 고개
를 숙여 피한다.

박 PD 그래, 알았어. 그럼 너도 차 안에서 쉬어.

　　박 **PD**, 차에서 내린다.

강수미 (차에서 내리는 박 **PD**를 향하여) 오늘 밤 나이트
　　　　가야 돼요, 아시겠죠?
박 PD 한번 생각해 보지. (차 문을 닫아준다.)

　　이제 차 안에는 서인하와 강수미 두 사람만이 나란히
앉아 있다. 두 사람 사이에는 약 5초간 어색한 침묵이 흐
른다. 그 침묵이 견디기 힘들다는 듯이 강수미는 방송 대
본을 꺼낸다.

서인하 얘, 수미야.
강수미 (방송 대본을 펼치다 말고) 예.
서인하 사람이 출세를 하고 성공을 하는 게 힘으로 되
　　　　는 게 아니란다.
강수미 (의아해하는 표정으로 서인하를 돌아보고 있을 뿐

아무 말 하지 않는다.)

서인하 물론 성실한 노력도 있어야겠지만 운도 따라야
큰 성공을 거둘 수 있단다.

강수미 (도발적인 표정과 목소리로) 갑자기 왜 그런 말씀
을 하시는 거죠?

서인하 (약간 당혹스러워하는 표정이 되어) 그건 말이다.
그건…….

66 서원처럼 보이는 어느 고가

고가 마루에 서인하와 강수미가 걸터앉아 있다.

강수미 여기서 선생님은 천자문을 배웠다고 들었는데
그게 사실입니까?

서인하 사실이야.

그때 강수미, 참을 수 없다는 듯이 웃음을 터뜨린다. 그
러자 서인하는 얼굴이 벌겋게 달아오른 채 하던 말을 멈
춘다.

박 PD (off) 컷!

　그와 동시에 카메라 팬하면 고가 마당에 설치되어 있는
카메라와 카메라 주변에 모여 있는 스태프들이 보인다.

박 PD　강수미, 너 왜 자꾸 그래?
강수미　저 오빠가 자꾸 웃기잖아요.
유영오　내가?
강수미　오빠가 자꾸 웃겼잖아.
유영오　(눈이 휘둥그레지며) 내가 뭘 어쨌다고?
강수미　(까르르 웃으며) 봐. 지금도 웃기고 있잖아.
박 PD　(잠시 생각하다가 유영오에게) 아무래도 안 되겠
　　　　다. 너 잠시만 자리를 비켜봐.

　유영오, 억울하다는 표정으로 사라진다.

박 PD　이제 됐어? 이제 할 수 있겠어?
강수미　예.
박 PD　자, 그럼, 레디— 큐!
강수미　(웃음을 참으려고 애쓰며) 선생님, 제가 듣기로는
　　　　여기가…… (다시 까르르 웃는다.)

스태프들도 와르르 웃는다. 그러나 서인하는 웃지 않는다.

67 어느 골목

고가의 기와 지붕이 보이고, 담쟁이 덩굴로 뒤덮인 담장 앞에서 촬영을 하려는 듯 스태프들은 카메라를 설치하고 있는 중이다. 서인하는 의자에 앉아 있고, 강수미는 카메라 설치하는 걸 구경하고 있다. 그리고 그런 일행을 향하여 개 한 마리가 사납게 짖어대고 있다.

박 PD (유영오에게 짜증스레) 저 개 좀 어떻게 해봐.
유영오 (개를 향하여 팔을 휘두르며) 저리 가!

그러자 개는 더욱 맹렬히 짖어대고, 유영오는 돌멩이를 집어든다. 개는 더욱 사납게 짖어댄다.

운전사 그렇게 하면 안 돼. (길바닥에 쭈그리고 앉으며
　　　　개를 향하여 손짓을 하며) 이리 와봐. 야, 너 참
　　　　귀엽게 생겼구나. (개는 꼬리를 흔들며 슬금슬금
　　　　다가온다) 옳지, 옳지. 이리 와. 아이고, 이쁘구

나. (마침내 개는 운전사에게 접근해 오고, 그런
개의 머리를 쓰다듬으며) 아이구, 착해라. 앉아.

스태프들은 모두 놀라워하는 표정을 짓는다.

박 PD 아주 훌륭해.
운전사 (씨익 웃으며) 일단 한번 만져주기만 하면 얌전
해져요. 만져주기 전까지는 안심할 수 없어요.
물 수도 있으니까요. 그건 여자나 똑같아요. 아
무리 자존심이 센 여자도 일단 한번 터치를 하
고 나면 고분고분해지잖아요. 터치하기 전까지
는 그렇게 짖어대다가도 말예요.
이정길 갑자기 철학자가 됐군.
운전사 개나 여자나 두려워하면 안 돼요. 두려워하는 기
색을 보이면 점점 더 사나워져요. 두려워하지
말고 대담하게 만져줘야 해요.
정수길 그럼 너는 여자하고 그짓을 할 때도 뒤로만 박
겠구나.
운전사 뒤로 박으면 더 좋아해요.

빨갛게 달아오른 강수미의 얼굴이 스친다.

박 PD 잘났어. 그럼 그 개 데리고 가서 촬영 끝날 때까
　　　지 놀다 와. 뒤로 박든 앞으로 박든 그건 니 마
　　　음대로 하고.

#68 고인돌이 보이고 커피 자동판매기가 있는 어느 시골 마을

　평평한 바위 위에 카메라가 놓여 있고, 스태프들은 나무
그늘 속 평상에 앉아 커피 자판기에서 뽑은 듯한 커피를
마시고 있다. 운전사는 앞에서 본 개를 어루만지고 있다.

강수미 (정수길을 향해) 감독님, 카메라 좀 봐도 되겠어
　　　요?
정수길 응, 봐.

　강수미는 쪼르르 달려가 카메라를 어깨에 둘러멘다.

유영오 (걱정스런 표정으로) 무거울 텐데. (강수미가 카메
　　　라를 어깨에 둘러메는 걸 도와준다.)
박 PD 야, 힘이 세구나.
강수미 (자랑스런 태도로) 자, 찍어요! 모두 이리 보세요.

감독님, PD님, 오빠, 작가 선생님, 교수님, 운전
기사 아저씨도 여길 보세요.

대부분의 스태프들은 그러한 그녀를 보며 웃고 있다. 그
러나 운전사는 개를 어르느라고 정신이 없다.

강수미 (카메라를 통하여 운전사를 보며) 낯선 개하고 금
　　　 방 저렇게 친해지다니…… 정말 철학자야.
운전사 진리라는 게 본래 책에만 나타나 있는 게 아니
　　　 라 생활 속에서도 얼마든지 발견할 수 있는 거
　　　 야. 그렇지 않습니까, 교수님?

서인하는 말이 없다.

69 미니 버스 안

차는 달리고 있다. 차에 타고 있는 스태프들은 지친 듯
잠들어 있다. 그러나 서인하는 멍한 표정으로 창밖을 내다
보고 있다. 그 옆에 앉은 강수미는 핸드폰을 들고 어딘가
로 문자 메시지를 보내는 중이다. 잠시 후 그녀는 핸드폰

을 접고 그와 동시에 유영오의 핸드폰에서 삐리리 문자 메시지 도착 신호음이 들린다. 유영오는 황급히 핸드폰을 연다. 그리고는 강수미 쪽을 돌아보며 씨익 웃는다. 강수미는 모른 척하느라고 창 쪽으로 고개를 돌리고 있다가 씨익 웃는다.

70 나이트 클럽

현란한 사이키 조명이 비추는 가운데 강수미는 대단히 고혹적인 춤을 추고 있다. 스태프들은 넋이 나간 눈으로 강수미를 바라보고 있다. 그러나 서인하의 모습은 보이지 않는다.

춤이 절정에 이르자 강수미는 유혹하는 몸짓으로 스태프들에게 손짓한다. 그러나 아무도 선뜻 나서는 사람은 없다. 이윽고 박 PD가 나선다. 그는 술에 취한 듯 약간 비틀거린다. 그리고 그는 그다지 춤을 잘 추지 못한다. 운전사는 사태의 추이가 짐작된다는 듯이 피식 혼자 미소를 짓는다.

엘리베이터 문이 열리면 박 PD는 강수미를 엘리베이터 벽면에 밀어붙인 채 격렬한 키스를 퍼부어 대고 있는 중이다. 잠시 후 엘리베이터 문이 닫히려 한다. 그러자 강수미는 다급하게 손을 뻗어 엘리베이터 버튼을 누른다. 엘리베이터 문은 다시 열린다.

강수미 (박 PD를 떠밀어내며 할딱거리는 소리로) 이제 그만, 이제 그만.

그제서야 박 PD는 강수미에게서 떨어져 엘리베이터에서 내린다. 엘리베이터에서 내린 뒤에도 박 PD는 강수미를 복도 벽면에 밀어붙인 채 격렬한 키스를 한다. 그러면서 그는 강수미의 티셔츠를 걷어올리고 젖가슴을 움켜잡는다.

강수미 (숨을 할딱거리며) 안 돼요. 여기서 이러면.

강수미는 박 PD를 밀어내고 비틀거리며 자신의 방문 앞으로 간다. 그리고 열쇠를 꺼내어 방문을 연다. 강수미가 방문을 열고 있는 동안에도 박 **PD**는 그녀의 젖가슴을 움켜잡으며 목덜미에 마구 키스를 퍼부어 댄다. 이윽고 방문이 열리고 두 사람은 방 안으로 들어간다. 그리고 방문이 닫힌다. 방문이 닫히고 약 5초 뒤 카메라 서서히 앞으로 나아가면서 저편 복도 끝 어둠 속에 우두커니 서 있는 서인하를 포착한다.

#72 서인하의 여관 방 세면장 안

피가 흘러 있는 세면대 안에는 #10에서 본 면도칼이 떨어져 있고, 서인하는 욕실 거울에 혈서를 써 내려가고 있다. 그는 면도를 하던 중이었던 듯, 한쪽 볼에는 비누거품이 묻어 있다. 거울에 쓰고 있는 그의 혈서의 내용은 대략 이런 것이다.

〈마노 카비나에서 나는 보았네 / 나무들은 어둠 속을 걸어가고 있고 / 달빛 속에서 새들이 금빛 알을 낳고 있는 것을. 그리고 우리는…….〉

이 장면이 시작되면 #37에서 들은 바 있는 소음이 들려온다. 처음에는 아주 약하게 시작되었다가 점차 세어진다. 그 소리는 다음 장면의 종소리와 함께 멈춘다.

73 어느 사찰

늙은 승려 한 사람이 범종각에서 종을 치고 있다. 잠시 후 카메라 팬하면 사찰 저편 요사채 앞에서 박 **PD**와 이정길이 주지 스님과 이야기를 나누고 있다. 촬영장 섭외를 하고 있는데 뜻대로 잘 되지 않는 것처럼 보인다.

74 법당 안

앞 신에서 시작된 종소리가 계속되고 있는 가운데 서인하는 법당에서 절을 하고 있다. 그는 고뇌에 찬 표정이다.

75 미니 버스 안

텅 빈 미니 버스 뒷편 좌석에 강수미가 웅크리고 누워 곤히 자고 있다. 앞에서 시작된 종소리가 계속되고 있다. 그러나 그 소리는 멀리서 들리는 듯 은은하다.

76 나한상들이 보이는 사찰의 어느 모퉁이

비가 부슬부슬 내리고 있다. 서인하는 댓돌 위에 걸터앉아 있고, 강수미는 졸린 듯한 표정으로 손거울을 꺼내 화장을 고치고 있다. 그들은 촬영을 기다리고 있는 듯하다.

박 PD 비가 올 것 같으니 서둘러야겠습니다. 자, 그럼
       시작합시다.

박 PD가 아웃하면, 강수미는 서둘러 손거울을 주머니에 넣고 자리를 잡는다.

강수미 (졸린 듯한 표정과 목소리로) 여기 서면 되겠어
       요?
박 PD (off) 응, 좋아. 그럼 레디— 큐!
강수미 제가 듣기로는 선생님, 여기가 선생님의 특별한
       추억이 깃든 곳이라고 하던데 그게 사실입니까?
서인하 사실이야.
강수미 어떤 추억인지 들려줄 수 있으십니까?
서인하 열한 살 땐가 열두 살 때 어머니를 따라 이 절
       에 왔었지. 지금 생각해 보면 그게 돌아가신 부

친의 사십구재 때였던 것 같아. 어머니와 누나들은 울고 있었지. 그러나 나는 저 나한님들의 표정들이 재미있어서 나한님들에 눈길이 팔려 있었어.

강수미 그리고 보니 표정들이 재미있네요. 그런데 열한 살 혹은 열두 살 때라면 그게 몇 년 전 일이죠?

카메라, 서서히 나한상에게로 접근해 간다.

서인하 그게 그러니까 37년 됐나?
강수미 37년 동안 더러 와보셨습니까?

카메라는 나한상을 클로즈업한다.

서인하 (off) 아니. 37년 만에 처음이야. 그런데도 저 나한님의 표정은 기억해. 아버지를 잃은 슬픔도 잊게 했던 저 나한님의 표정은 37년 동안 내 뇌리에서 떠나지 않았던 거지.

77 어느 부도 앞

서인하와 강수미는 어느 부도를 들여다보고 있다.

서인하 그리고 이 부도와 이 절에 대한 전설도 어린 시
        절의 내 상상을 키우기에 충분했지.
강수미 이 부도에 어떤 전설이 있는데요?
서인하 (부도에 씌어진 글씨를 판독하려 애쓴다. 그러나
        너무 희미하여 쉽지 않다) 너무나 세월이 흘러
        지금은 판독하기가 쉽지 않지만 내 기억이 맞다
        면 이 부도는 옛날 신라시대에 이 절을 창건하
        신 스님의 부도일 거야.
강수미 그렇다면 굉장히 오래된 탑이군요.
서인하 그럼. 그런데 이 스님은 출가하기 전에 홍련이라
        고 하는 꽃 같은 처녀와 결혼하여 더없이 행복
        하게 살았대. 그런데 불과 일년도 안 되어 스님
        은 문둥병에 걸리고 말았대. 어린 홍련은 남편의
        병을 치료하기 위해 온갖 정성을 쏟았지만 백약
        이 무효였대. 그러던 어느 날 탁발승이 와서 홍
        련의 딱한 사정을 듣고는 이런 말을 남기고 떠
        나셨대. 〈싱싱한 인육 두 근을 먹으면 남편의 병

이 나으련만〉 하고 말야. 이 말을 들은 홍련은
자신의 허벅다리를 베어 남편에게 먹였대.
강수미 (이맛살을 찌푸리며) 그래서 어떻게 되었어요?
서인하 아내의 살을 쇠고긴 줄 알고 먹은 남편은 씻은
듯이 병이 나았지.
강수미 그 아내는요?
서인하 그 아내는 물론 죽었지.
강수미 (이맛살을 찌푸리며) 아이!
서인하 자신이 먹은 것이 쇠고기가 아니라 더없이 사랑
하는 아내의 살이었다는 것을 뒤늦게 알게 된 남
편은 그 길로 출가를 하여 절을 세웠는데, 그것
이 바로 홍련사인 거지. 아름다운 전설 아니니?
강수미 (고개를 끄덕이며) 그래서 홍련사라고 하는군요.
박 PD (off) 좋습니다!

#78 뜰에 수국이 가득히 피어 있는 사찰의 어느 건물 툇마루

비가 내리고 있다. 서인하는 승려 한 사람과 마주 앉아
차를 마시고 있다. 스태프들은 그 장면을 담기에 여념이
없다.

카메라 팬하면 법당 추녀 밑에 쪼그려 앉은 강수미는 몹시 무료한 표정으로 혼자 공기놀이를 하고 있다.

79 미니 버스 안

#75와 유사하다. 강수미는 잠을 좀 자보려는 듯 몸을 뒤척이고 있다. 그 바람에 민소매의 흰 블라우스 틈서리로 노브라의 젖무덤이 약간 드러나 보인다.

그때 차 문이 열리고 유영오가 들어온다. 그러자 강수미는 자는 척 눈을 감고 꼼짝하지 않는다. 유영오는 촬영 장비를 내어가려다 말고 강수미를 발견한다.

유영오 너 왜 자꾸 자는 거야? 간밤에 뭐했어?

그러나 강수미는 대답이 없다. 그러자 유영오는 입에 물고 있던 강아지풀을 들고 가 강수미의 코와 입 그리고 귀를 간지럽힌다.

강수미 (손을 내저으며) 오빠, 왜 이래?
유영오 이제 곧 촬영 들어갈 건데 자고 있으면 어떡해?

강수미 딱 5분만, 5분만.

　유영오, 그러한 그녀를 잠시 들여다보고 있다가 한차례 주위를 두리번거리고는 주저하는 동작으로 그녀의 앞섶 사이로 손을 밀어넣는다. 처음 얼마간 강수미는 유영오가 하는 대로 내버려둔다. 약 5초 후,

강수미 (잠에 취한 듯한 표정과 목소리로) 아이! 오빠, 왜
　　　　그래? (그러면서도 유영오의 손을 저지하려 들지
　　　　는 않는다.)

#80 언덕 위

　저만치 언덕 위에 미니 버스가 세워져 있고, 스태프들과 서인하는 촬영을 기다리고 있다. 그때 앞에서 본 김갑수의 갤로퍼가 와 멎고, 세 사람의 남자, 김갑수, 박상근, 권정달이 차에서 내린다. 세 사람은 서인하에게로 다가간다.

김갑수 어, 여보게! 옛날 친구들 데리고 왔네.
박상근 이기 정말 인하가? 와따, 야, 오랜만이다.

서인하는 어리둥절해하는 표정으로 세 사람을 둘러보고
만 있다.

김갑수 상근이다. 박상근. 와 거, 오사리 방앗간집 아들
       박상근. 학교 댕길 때 니하고 친했잖아.
박상근 세월이 하도 흘렀으니 잊어뿌렸지.
권정달 (서인하에게 악수를 청하며) 반갑다. 나는 정달이
       다. 권정달. 니가 서울 가서 출세했단 소문은 들
       었던 것 같다. 그러나 영화배우가 된 줄은 몰랐다.
김갑수 상근이는 경찰에 있다가 지금은 건축업 한다. 그
       리고 정달이는 장사해서 돈 많이 벌었다. 읍내 목
       욕탕하고 여관, 오사리 모텔이 전부 정달이 거다.
권정달 (김갑수의 말에 반박하며) 시끄럽다. 내가 무슨
       돈이 있노?
박상근 우리 서이는 54회 동기생 삼총사다. 밤이나 낮이
       나 함께 댕긴다.

박 PD는 사태의 추이를 가늠해 보려는 듯 세 사람의 남
자와 서인하의 표정을 살피고 있고, 혼란스런 표정을 짓고
만 있던 서인하의 눈길은 그 혼란에서 벗어나 마침내 저
편에 세워져 있는 미니 버스 쪽으로 향한다.

81 미니 버스 안

#79에 이어지는 장면으로서 처음에는 천천히 뒤척거리고 있는 강수미의 하얀 두 다리가 클로즈업 된다. 이어 카메라 팬하면 유영오는 활짝 풀어헤쳐진 강수미의 유방을 거칠게 주무르고 있다.

강수미 (숨을 할딱거리며) 그만해, 오빠.

유영오는 강수미의 젖꼭지를 빨기 시작한다. 강수미는 마침내 그런 그의 머리를 두 팔로 껴안는다. 잠시 후,

강수미 나중에 오빠 PD 되면 나 키워줄 거지?

82 어느 시골 버스 정류장

서인하와 강수미는 버스를 기다리는 듯 버스 정류장 벤치에 나란히 앉아 있다. 서인하는 신문을 읽고 있고, 강수미는 오줌이 마려운 듯 안절부절못하고 있다.

서인하 (무뚝뚝한 목소리로) 너 왜 그래?

　강수미, 몹시 쑥스러워하는 표정으로 안절부절못하고 있을 뿐 대답을 하지 못한다.

서인하 (역시 무뚝뚝한 목소리로) 또 오줌 마려운 거야?

　강수미, 쑥스러워하는 표정을 지을 뿐 대답이 없다.

서인하 (역시 무뚝뚝한 목소리로) 그럼 저기 가서 눠.
강수미 (주먹으로 서인하의 어깨를 때리며) 아이, 어떻게?
서인하 (역시 무뚝뚝하게) 그럼 어떡할 거야. 아무도 보
　　는 사람 없잖아.

　강수미, 잠시 어쩔 줄을 몰라하다가 화면 왼쪽으로 아웃한다. 서인하는 시계를 한번 보고 화면 오른쪽을 한번 본다. 그리고 다시 신문을 읽기 시작한다.

박 PD (off) 컷!

　그와 동시에 카메라 팬하면 카메라를 중심으로 스태프

들이 포진해 있다. 지나가던 사람들이 차를 세워놓고 구경
을 하고 있다. 개중에는 김갑수, 박상근, 권정달과 그들이
타고 온 갤로퍼도 눈에 띈다.

박 PD 선생님 화나셨어요? 좀 부드럽게 해보세요. 그리
고 수미, 너는 좀 오버하고 있잖아. 자! 다시 한
번 해봅시다. 스탠바이, 레디— 큐.

그와 동시에 화면은 이 신의 처음으로 돌아온다. 서인하
는 신문을 읽고 있고, 강수미는 오줌이 마려운 듯 안절부
절못하고 있다.

서인하 (다소 누그러진 목소리로) 너 왜 그래?

강수미, 몹시 쑥스러워하는 표정으로 안절부절못한다.

서인하 또 오줌 마려운 거야?

강수미, 쑥스러워하는 미소를 지을 뿐 대답하지 못한다.

서인하 그럼 저기 가서 싸!

박 PD (off) 컷! 〈저기 가서 눠〉라고 하셔야지 〈싸〉가
      뭡니까?

　스태프들과 구경꾼들의 웃음소리가 들린다. 그들 중에는
김갑수, 박상근, 권정달도 눈에 띄는데 그들은 몹시 실망
스럽다는 듯한 표정이다.

박상근　무슨 영화가 저러노?
김갑수　둘이 싸우는 이야긴갑제?
권정달　오줌은 와 아무 데서나 누라카노?

83 시골 역 플랫폼, 저물녘

　출발하고 있는 기차의 차창을 통해 기차 안의 승객들이
밖을 내다보고 있다. 잠시 후 기차는 플랫폼을 빠져나가고,
기차가 빠져나간 플랫폼에는 스태프들이 한창 촬영을 준
비하고 있다. 잠시 후 카메라 팬하면 저만치 벤치에 서인
하와 이정길이 나란히 앉아 무엇인가 진지한 대화를 나누
고 있다. 서인하는 검은 선글라스를 쓰고 있다. 그들 뒤로
는 저녁 노을이 붉게 물들어 있다.

잠시 후 카메라는 서인하와 이정길이 앉아 있는 벤치
쪽으로 다가간다.

이정길 「어둠 속에서 누가 오고 있다」, 이 시에 대하여
       어느 평론가는 죽음의 그림자가 일렁이고 있다
       고 했습니다. 그리고 선생님의 시에서는 죽음만
       이 생의 고통에서 벗어날 수 있는 유일한 길이
       라고 했습니다. 선생님 자신은 죽음에 대하여 어
       떻게 생각하십니까?
서인하 (대답하기 싫은 듯 약 5초 동안 침묵을 지키고 있
       다가) 글쎄요.

84 달리는 미니 버스 안, 밤

달리는 차창 밖으로 붉은 예배당 십자가가 서너 개 보
인다. 잠시 후 카메라 팬하면 어둠 속에 앉아 멍한 눈길을
차창 밖으로 보내고 있는 서인하가 클로즈업된다. 불길한
예감에 사로잡혀 있는 표정이다.

85 # 36의 되풀이

#36이 되풀이되고 있는 동안 #37에서 들었던 이상한 소음, 모호하고 규칙적이고, 그리고 불길한 느낌마저 드는 소음이 들려오고 있다. OL.

86 서인하의 여관방과 복도

앞 신의 소음이 계속되는 동안 서인하는 그 소리의 출처를 알아내려는 듯이 의자 위에 올라 서서 천장에 귀를 기울인다. 잠시 후 그는 의자에서 내려와 방바닥과 벽면에 귀를 대고 듣는다. 그러다가 문을 열고 복도를 내다본다. 복도는 텅 비어 있다.

87 무너진 성터, 새벽

비안개가 자욱한 성벽을 따라 서인하와 강수미가 걸어오고 있다. 스태프들은 촬영에 여념이 없다. 서인하는 퍽 지쳐 보인다.

강수미 선생님, 이게 언제 세워진 성인가요?

서인하 그건 나도 확실히는 몰라.

강수미 그런데 이 성에는 어떤 추억이 있으세요?

서인하 이 성은 어린 나에게 공포의 구역이기도 했지.
        밤마다 귀신이 우는 소리가 난다든가 궂은 밤에
        는 도깨비들이 출몰한다는 소문이 나돌았으니
        까. 그리고 이 성에 얽힌 갖가지 전설이 있어서
        나에게 많은 상상을 불러일으키기도 했지.

강수미 어떤 전설인지 들려줄 수 있으세요?

서인하 여러 가지 전설이 있는데 그중 하나만 이야기하
        자면, 옛날에 이 성을 지키는 장수 하나가 있었
        는데, 그 장수에게는 너처럼 젊고 예쁜 아내가
        있었대. 그런데 그 여자가 바람기가 심해 밤마다
        몰래 나가 다른 남자와 자고 오곤 했대. 참다 못
        한 그 장수는 아내의 목을 베어 저쪽으로 던졌
        는데 그것이 저기 보이는 머리 바위가 되었고,
        음부는 음부대로 도려내어 저편으로 던져버렸는
        데, 그래서 저기 보이는 저 바위를 여성의 음부
        이름을 붙여 불렀지. 그리고 여자가 저 바위 위
        에 걸터앉으면 바람이 나서 패가망신을 하게 된
        다고 이 고장 사람들은 믿고 있지.

강수미 (약간 신경질적인 표정과 목소리로) 무슨 전설이
      그래요?

#88 성벽 아래 세워져 있는 미니 버스 주변

  성벽 아래 미니 버스가 세워져 있고, 그 곁에 있는 바위
위에 걸터앉아 강수미와 이정길은 아카시아 잎사귀 떼내
기 게임을 하고 있다.

강수미 가위 바위 보! 가위 바위 보!

  강수미는 가위를 내고 이정길을 주먹을 낸다.

이정길 내가 이겼지! (이렇게 말하고 이정길은 하나 남은
      아카시아 잎사귀를 손가락으로 튕겨 떼낸다) 자!
      이리 와!
강수미 (과장되게 겁을 내는 표정으로 팔뚝을 내밀며) 어
      머! 어떡하면 좋아?

  이정길은 그녀의 팔목을 내려칠 준비를 한다.

강수미 (애교 부리는 표정과 목소리로) 살살 때려야 해요.

그때 카메라 팬하면 이제 막 촬영을 마치고 오는 듯한 스태프들이 오고 있다. 거기에는 서인하도 끼여 있다.

유영오 (강수미를 발견하고는 질투에 찬 표정이 되며 혼잣
　　　　말처럼) 저 계집애 알고 보면 백년 묵은 여우야!
정수길 (유영오를 돌아보며) 야, 인마! 얼굴에 분칠하는
　　　　동물하고는 내일을 기약하지 말라고 하는 말도
　　　　못 들었어? 방송계에서 밥 먹으려면 새겨둬야
　　　　할 말이야.

89 달리는 미니 버스 안

다음 촬영 장소로 이동을 하고 있는 듯이 보인다. 차 안의 스태프들은 말이 없다. 따라서 어딘지 모르게 분위기가 경직되어 있다. 서인하는 책을 들여다보고 있다. 그러나 겉으로는 책을 보고 있는 것처럼 보이지만 실제로는 골똘히 생각에 잠겨 있는 표정이다. 옆에 앉은 강수미는 그런 그를 한차례 힐끔 돌아본다. 그리고 다음 순간, 그녀의 얼

굴에는 불안이 스친다. 차창에는 김이 서려 지금 일행이 어디로 가고 있는지 분간할 수가 없다. 잠시 후 요란한 핸드폰 소리가 나고 이정길은 전화를 받는다.

이정길 예, 부장님. / 오늘 밤에 열어볼 테니 E메일로 보내주세요. / 물론이지요. 아무리 시골이라도 PC방은 다 있어요.

90 황톳길 위

푸른 소나무와 붉은 황톳길이 대조를 이루는 약간 경사진 길 한가운데 일행은 저마다 자리를 잡고 앉아 있다. 비는 내리지 않지만 하늘은 잔뜩 흐려 있다. 이제 곧 촬영이 시작되려는 듯 유영오는 촬영 장비를 차에서 내리고 있다. 그러나 그를 제외한 다른 스태프들은 지친 듯한 표정들로 혹은 상자 위에 혹은 여행용 가방 위에 걸터앉아 있다. 서인하는 일행들과는 약간 떨어진 곳에 영화 감독용 의자를 놓고 앉아 책을 읽고 있다. 강수미는 서인하로부터 멀리 떨어진 곳에 이정길과 나란히 앉아 무엇인가 속삭이고 있다. 강수미는 서인하를 의식하는 듯 이정길과 대화를 나누면서도 힐끔힐끔 서인하의 눈치를 살핀다. 전체적인 분위기는 다소 비현실적이다. 이 장면은 약 10초 동안 숨막히는 침묵 속에서 지속된다.

#91 황톳길 위

배경은 #90과 비슷하다. 그러나 #90과 동일한 장소는 아니다. #90에 비하면 경사가 완만하여 휘어져 있는 모롱이가 보인다. 그리고 #90에 비하면 주변 풍경이 더 황량해 보인다.

서인하와 강수미는 그 길을 따라 걸어가고 있다. 따라서 그들의 뒷모습만 보인다.

강수미 이 황톳길이 선생님한테는 특별한 기억이 있다
      고 들었는데, 어떤 기억인가요?
서인하 이 길은 죽음의 길이었어.
강수미 (약간 놀라워하며) 죽음의 길이라고요?
서인하 그래, 죽음의 길이었지. 저 길모퉁이를 돌아가면
      공동묘지가 있지. 그래서 모든 죽음은 이 길을
      거쳐 갔던 거지. 내 아버지가 돌아가셨을 때에도

이 길을 따라갔어.

　두 사람은 점점 멀어져가고 있다. 두 사람의 모습이 길 모퉁이 뒤로 사라졌을 때 카메라 팬하면서 촬영에 몰두하는 스태프들을 포착한다.

박 PD　(정수길을 향해) 됐지?
정수길　(카메라를 거두며) 됐어.

92 황톳길 위

　#90과 동일한 장소. 서인하는 #90의 위치에 앉아 책을 읽고 있고, 다른 사람들도 비슷한 위치에 앉아 있다. 다만 한 가지 확실한 차이가 있다면, #90에서 유영오는 촬영 장비를 차에서 내리고 있었는데, 이 신에서는 그것을 차에 싣고 있다는 것이다. 이런 상황이 약 5초간 지속되다가 박 PD가 다음 대사를 하면서 바뀐다.

박 PD　(강수미를 향해) 수미야, 너 춤 잘 추던데 여기서
　　　　춤 한번 춰봐.

강수미 싫어요. 음악도 없는 이런 데서 어떻게 춤을 춰
       요?
운전사 음악이야 틀면 되지. (이렇게 말하고 차로 가 커
       다란 카세트를 들고 온다.)
강수미 그럼 감독님 제가 춤추는 모습도 찍어주실 건가
       요?
정수길 물론이지. (이렇게 말하고는 카메라를 어깨에 둘러
       멘다.)
강수미 그렇지만 그건 편집할 때 잘라버릴 거잖아요.
박 PD 그건 이 작가한테 물어봐.
이정길 잘 추면 넣어주지 못할 것도 없지.
강수미 (잠시 생각하다가) 좋아요. 그렇다면 추죠, 뭐.

　　운전 기사는 들고 온 카세트의 음악을 튼다. 그때까지
책을 읽고 있던 서인하는 그제서야 돋보기를 벗고 책에서
눈을 뗀다. 강수미, 음악에 맞추어 춤을 추기 시작한다. 그
녀가 추는 춤은 #70에서의 춤과 비슷하지만 #70에 비하
면 더 분방하고 격정적이다. 그리고 때때로 박 PD를 향해,
정수길을 향해 그리고 이 작가를 향해 유혹의 몸짓을 보
낸다. 스태프들은 음악의 리듬에 맞추어 손뼉을 친다. 서
인하의 얼굴에는 고통의 빛이 스쳐간다.

93 여관 엘리베이터 안과 복도, 밤

　#33, 34와 유사하다. 그러나 #33, 34와는 다른 여관이다.
　서인하와 강수미, 서먹서먹한 표정들을 하고 서 있다.
잠시 후 엘리베이터 문이 열리고 두 사람은 엘리베이터에
서 내린다. 그들은 복도를 따라 가다가 각자의 방 앞에서
멈춘다. 두 사람은 각자의 방문을 열고 있다.
　서인하는 강수미의 팔을 당겨 와락 껴안는다. 강수미,
처음에는 꼼짝하지 않는다. 그러나 곧 서인하를 밀쳐낸다.

강수미　안녕히 주무세요, 교수님.

　그리고 자신의 방으로 들어가버린다. 서인하, 잠시 우두
커니 서 있다.

94 어느 PC방, 밤

　게임 스타크래프트의 컴퓨터 화면이 클로즈업된다. 카메
라 서서히 뒤로 물러나면 게임에 몰두하고 있는 강수미가
포착된다. 그때 이정길이 다가온다.

이정길 강수미, 너 잠은 자지 않고 뭐하는 거야.
강수미 (쌩긋 웃으며) 어머! 작가님 어쩐 일이세요?
이정길 메일 체크해 보려고.

95 둑, 밤

　저만치 여관과 그 뒤편으로 지방 소읍이 보이는 둑 위
에 이정길과 강수미가 나란히 앉아 있다. 그들 곁에는 가
로등이 서 있다.

강수미 오늘 오후에 찍은 거 자르지 않을 거지요?
이정길 뭘?
강수미 제가 춤추는 장면 말예요.
이정길 아, 그거? 글쎄, 가봐야 알지.
강수미 (자신의 스커트를 걷어올리고 허벅다리를 손바닥
　　　　으로 때리며) 모기가 있나 봐. 이것 봐. 벌써 부
　　　　어올랐어.
이정길 (강수미의 허벅다리를 바라보고 있다가) 이리 와.
　　　　약 발라줄게. (이렇게 말하고는 손가락에 침을 묻
　　　　혀 강수미의 허벅다리 모기 물린 자리에 발라준다.)

강수미　(가랑이를 약간 벌리고 자신의 허벅다리를 이정길
　　　　에게 내맡긴 채) 침을 바르면 괜찮아?
이정길　그럼.

　　모기에 물린 자리를 손바닥으로 애무하던 이 작가의 손
은 마침내는 강수미의 치마 속으로 미끄러져 들어간다. 강
수미는 유혹하는 눈길로 이정길을 바라보고 있다.

96 서인하의 여관방 창문을 통해 내다본 # 95

　　저편 둑 위에 강수미와 이정길이 앉아 있는 뒷모습이
보인다. 그러나 거리가 제법 떨어져 있기 때문에 그들이
지금 어떤 행동을 하고 있는지를 식별할 수는 없다. 잠시
후 그들은 자리에서 일어나 어둠 속으로 사라진다.
　　카메라, 뒤로 물러나면 창가에 서서 바깥을 내다보고 있
는 서인하의 모습이 포착된다. 서인하는 어둠 속에 서 있
다. 그의 오른손에는 # 10에서 본 면도칼이 들려 있다.

97 라이브 음악이 연주되는 어느 술집 안, 밤

몹시 흐트러진 모습을 한 서인하가 무대 위에서 절망에 찬 표정과 몸짓으로 트럼펫을 연주하고 있다. 그가 연주하고 있는 곡은 #47에서 들은 바 있는 「마노 카비나의 추억」이다. 무대 위에는 악사들이, 객석에는 손님들이 좀 놀라워하는 표정들로 서인하를 바라보고 있다. 연주가 끝나자 사람들은 박수를 치고, 서인하는 피아노 위에 놓아둔 자신의 술잔을 집어 단숨에 들이켠다.

98 비가 내리는 밤길

소나기가 쏟아지고 있다. 술에 취해 몸도 제대로 가누지 못하는 걸음걸이로 서인하가 걸어가고 있다. 그러다가 길가의 공중전화 부스에 등을 기댄 채 걸음을 멈춘다.

서인하 (술에 취한 목소리로) 마노 카비나가 어디냐고? 마노 카비나에서 어떤 추억이 있었느냐고? 너희들은 몰라. 말해 줘도 몰라.

그러던 서인하는 심한 기침을 해댄다. 그러던 그는 무엇인가 문득 생각이 났다는 듯이 곁에 있는 공중전화 부스 안으로 들어간다. 그리고 주머니에서 수첩을 꺼내어 전화번호를 찾는다.

99 공중전화 부스 안

유리벽을 타고 흘러내리고 있는 빗물을 클로즈업하고 있는 가운데 신호음이 들린다. 잠시 후,

오민수 (off) 예, 오민숩니다.
서인하 (off) 오 교수, 저 서인하입니다.
오민수 (off) 아, 서 교수! 지금 어디요? 전화 오기를 얼마나 기다렸는지 아세요?

그와 동시에 카메라 팬하면 전화 통화를 하고 있는 서인하를 유리벽을 통해 정면으로 포착한다.

서인하 결과가 좋지 않은가 보죠?
오민수 (off) 속단할 수는 없지만 그다지 좋지는 않은

것 같아요. 속히 올라오셔야겠어요.

서인하 암인가요?

오민수 (off) 속단할 수는 없지만 그럴 가능성이 높아요.

서인하 폐암인가요?

오민수 (off) 자세한 건 올라와서 이야기합시다. 오늘 밤
        에라도 올라오세요.

  화면이 정지된 듯이 서인하는 잠시 꼼짝하지 않는다. 잠
시 후,

서인하 (수화기를 내려놓고 공중전화 부스를 나서며) 젠장!

#100 미니 버스 안

  부스스한 얼굴로 서인하가 앉아 있고, 그 옆에 강수미가
와 앉는다. 차는 움직이기 시작한다.

  강수미는 자리에 앉자마자 간밤에 모기한테 물린 허벅
다리가 몹시 가려운 듯 치마를 걷어올리고 침을 묻혀 바
른다. 서인하는 멍한 표정으로 그녀의 허벅다리를 바라보
고 있다. 자신의 허벅다리에 침을 묻히고 있던 강수미는

문득 고개를 들어 서인하를 올려다본다.

강수미 (무엇인가 황급히 감추듯 자신의 허벅다리를 덮으
　　　며) 교수님, 잘 주무셨어요?

서인하는 무표정한 얼굴을 하고 있을 뿐 대답이 없다.

101 터널을 빠져나가고 있는 미니 버스

미니 버스는 터널을 빠져나가고 있다.

102 바닷가 모래 언덕

바닷가 모래 언덕에 미니 버스가 세워져 있고, 일행은
모래 언덕을 내려가고 있다. 개중에는 촬영 장비를 어깨에
둘러메고 가는 사람도 있다.

강수미 (일행 맨 앞에서 뛰어가며 소리친다) 야아, 바다다!

103 바닷가

검은 선글라스를 낀 서인하는 바닷가 백사장에 영화 감독용 의자 위에 앉아 바다를 바라보고 있다. 강수미, 유영오, 이정길, 운전사 등은 저만치 물가를 거닐고 있다.

그때 박 PD가 방송 대본을 손에 든 채 서인하에게 다가온다.

박 PD 힘드시죠, 선생님?

서인하는 창백하게 웃을 뿐 대답이 없다.

박 PD (방송 대본을 펼쳐들고) 오늘 오전에는 여기서 몇 컷 찍고, 오후에는 선생님이 다녔다는 초등학교로 갈 예정입니다. 그리고 저녁 때는 라스트 신을 찍을 생각입니다.

서인하는 두어 번 고개를 끄덕일 뿐 대답이 없다.

박 PD 라스트 신을 찍었다고 해서 물론 촬영이 모두 끝나는 건 아닙니다. 내일 새벽에 일출 광경도 찍어야 합니다. 그리고 학교 뒤에 있다는 옹달샘도 찍어야 하고요. 내일 아침에 그 두 신만 더 찍으면 일이 모두 끝날 것 같은데, 그러면 10시쯤에는 서울로 출발할 수 있을 것 같습니다.

서인하는 두어 번 고개를 끄덕인다.

박 PD가 서인하를 상대로 이런 말을 하고 있는 동안에도 저만치 물가에는 강수미, 유영오, 이정길, 운전사 등이 물가를 거닐고 있다. 강수미는 파도가 밀려올 때마다 발을 물에 적시지 않기 위해 환호성을 지르며 도망가곤 한다. 그러던 중 그녀는 곁에서 걷고 있는 운전사를 파도 쪽으로 확 밀어넣는다. 그리고 까르르 웃으며 달아난다. 운전사는 젖은 구두와 바짓가랑이를 한 채 엉거주춤 서서 웃고 있다. 그의 검은 얼굴과 흰 이빨이 유난히 대조를 이룬다.

104 같은 장소, 다른 시간

저만치 검은 선글라스를 낀 서인하는 백사장에서 영화 감독용 의자에 앉아 바다를 바라보고 있다. 그런 그의 머리 위로 수많은 갈매기들이 어지럽게 날고 있다. 시끄러운 갈매기 울음소리 사이사이로 #37에서 들었던 소음, 모호하고 규칙적인, 그리고 불길한 느낌을 자아내는 소음이 들린다.

카메라 팬하면 강수미를 비롯한 일행들이 바다에서 수영을 하고 있다. 운전사는 물 속에 잠수하여 강수미에게 장난을 걸고 강수미는 까르르 웃는다.

105 달리고 있는 미니 버스 안

일행은 몹시 즐거운 표정들이다. 차 안에는 경쾌하고 신나는 음악이 흘러나오고 있다. 방금 해수욕을 한 즐거움이 채 가라앉지 않은 것 같은 분위기다. 강수미는 음악에 맞추어 예의 그 테크노처럼 보이는 율동을 하고 있고, 박PD도 그녀의 동작을 흉내내고 있다. 운전사마저 어깨를 흔들거리며 운전을 하고 있다. 그러나 검은 선글라스를 낀 서인하는 표정을 읽을 수가 없다.

106 폐교된 초등학교

학교 운동장에 미니 버스가 세워져 있고 일행은 차에서

내리고 있다. 서인하는 감회가 새로운 듯 학교를 둘러보고
있다. 검은 선글라스를 끼고 있다.

박 PD (서인하에게) 몇 년 만에 와보시는 건가요?
서인하 37년.
박 PD 지금은 폐교되어 청소년 수련장으로 쓰고 있대
       요. 오늘밤에는 우리도 여기서 잘까 하는데 불
       편하시지 않겠어요?

    서인하는 대답이 없다.

박 PD 내일 새벽에 일출을 찍으려면 여기서 자는 게
       편할 것 같아서 숙소를 여기로 정했어요.

107 청소년 수련장 숙소로 바뀐 폐교 교실 안

    실내는 텅 비어 있고, 바닥에는 모노륨이 깔려 있다. 옛
날에 여기가 학교였다는 것을 말해 주는 것은 창문 밖에
걸려 있는 녹슨 종이다. 그리고 저만치 바다가 보인다.

강수미 여기가 교수님께서 공부했던 교실이란 말이죠?
이 교실에서 공부할 때 어땠는지 얘기해 주실
수 있겠어요?

서인하 (잠시 생각에 잠긴 표정을 하고 있다가) 이 교실
에서 공부할 때 나는 내가 되게 재수없는 놈이
라고 생각했어. 그리고 어린 내 가슴은 온통 복
수심으로 가득했어.

강수미 복수심이라고 하셨습니까?

서인하 그래, 복수심.

강수미 이렇게 아름다운 학교를 다니는 어린 소년이?

서인하 아버지를 좌천시켜 이 시골로 보내어 결국은 죽
게 했던 사람들, 외지에서 온 나를 수시로 괴롭
혔던 아이들, 여기 서서 내다보이는 운동장, 저
기 보이는 저 바다를 나는 증오하고 있었지. 그
래서 나는 공부를 했지. 언젠가는 복수를 하겠
다고.

강수미 어릴 때 교수님은 왕따였던가 보죠?

서인하 말하자면 그렇지. 그때마다 나는 저 바다에 빠져
죽어버리리라 생각했지. 내가 죽어버리면 나를
괴롭혔던 모든 사람들은 평생을 두고 괴로워할
거라고 생각했기 때문이지.

강수미 어머!

박 PD (off) 오우 케이!

　그와 동시에 카메라 팬하면 스태프들의 모습이 포착된다.

박 PD (스태프들을 향하여) 어두워지기 전에 라스트 신
　　　을 찍으려면 빨리 이동합시다.

108 바닷가 어느 카페

　바다가 내다보이는 조그마한 카페 창 앞에, 창밖을 향하
여 서인하와 강수미는 나란히 앉아 있다. 처음에 화면은
창문을 통하여 나란히 앉아 있는 두 사람을 정면으로 포
착한다. 음악 소리가 들리는 가운데 두 사람은 말이 없다.
서인하의 침묵이 견디기 힘든지 강수미는 곁에 놓인 모자
를 집어들고 만지작거린다. 잠시 후,

강수미 이 모자 한번 써보실래요?

　서인하는 깊은 생각에 잠긴 표정으로 천천히 담배를 피

우고 있을 뿐 반응이 없다.

강수미 (떼를 쓰듯) 한번 써보세요.

　그제서야 서인하는 강수미 쪽을 힐끔 돌아본다. 그리고
마지못해 그렇게 하듯 모자를 받아 써본다.

강수미 (다소 호들갑스럽게) 어머! 멋있어요. 이제부턴
　　　　모자를 쓰고 학교에 다니세요. 그러면 인기 짱
　　　　일 거예요.

　서인하는 모자를 벗어 옆에 놓고 다시 담배를 피운다.
잠시 후,

강수미 선생님, 지금까지 선생님의 시 세계에 영향을 미
　　　　친 어린 시절의 추억을 찾아 여행을 했습니다만,
　　　　이제 말씀해 주세요. 마노 카비나가 어디인가 하
　　　　는 걸 말예요. 그리고 거기에 어떤 추억이 있는
　　　　가 하는 것도요.
서인하 (생각에 잠긴 표정을 하고 있다가 마지못해 대답하
　　　　는 표정으로) 그건 비밀이야.

박 PD (off) 컷!

그와 동시에 카메라는 반대 방향에서 본 모습을 포착한다. 즉 서인하와 강수미의 뒷모습과 창밖에서 촬영에 몰두하고 있는 스태프들이 보인다. 그리고 그들 등뒤로 바다가 보인다.

박 **PD**는 정수길과 무엇인가 대화를 주고받고 있다. 그러나 그들이 나누는 대화는 전혀 들리지 않는다.

강수미 (자리에서 일어나 창밖을 향해) 어떻게 됐어요?

서인하는 그러나 그 자리에 꼼짝 않고 앉아 천천히 담배를 피우고 있다.

109 호젓한 해변

태풍이 몰려오는지 심한 바람이 불고 있는 숲이 클로즈업된다. 이어 카메라 팬하면 저만치 해변에 검은 선글라스를 쓴 서인하가 생각에 잠긴 표정으로 걸어가고 있다. 그의 머리 위로는 무수한 갈매기들이 어지럽게 날고 있다.

110 다른 해변

허리가 꼬부라진 쇠약한 노파 한 사람이 파도에 밀려온 해초를 주워 모으고 있다. 그때 서인하가 다가온다. 그러나 일에 몰두한 노파는 한동안 서인하가 가까이 와 있다는 것을 의식하지 못한다. 그러던 그녀는 마침내 몸을 돌려 서인하를 쳐다본다. 순간 노파의 얼굴은 극심한 공포감으로 일그러진다. 그리고 급기야 외마디 비명과 함께 허겁지겁 달아난다. 서인하는 그런 노파의 뒷모습을 멍하니 바라보고 서 있다.

111 바닷가 모래 언덕

호젓한 바닷가 모래 언덕 위에 강수미가 혼자 누워 있다. 그녀는 잠이 든 듯 눈을 감고 있다. 그녀의 곁에는 읽다가 둔 만화책이 펼쳐져 있다. 불어오는 바람에 그녀의 얇은 치마는 걷어올려져 하얀 허벅다리가 고스란히 드러나 있고, 만화책 책장도 바람에 펄렁이고 있다.

그때 모래 능선 너머로 모습을 나타낸 서인하가 이쪽으로 다가온다. 강수미에게로 다가온 그는 고통스런 표정으

로 그녀를 굽어보고 있다. 그때 인기척에 놀란 강수미는
벌떡 일어나 앉는다.

서인하 (강수미를 굽어보며) 자고 있었니?
강수미 (서인하를 외면한 채) 아뇨.
서인하 (잠시 침묵이 흐른 뒤) 앉아도 되겠니?
강수미 (여전히 서인하를 외면한 채 다소 쌀쌀맞게) 마음
　　　대로 하세요.

　서인하는 강수미 옆에 앉는다. 잠시 침묵이 흐른 뒤,

서인하 너 정말 알고 싶니? 마노 카비나에서의 내 추억
　　　을?
강수미 (다소 쌀쌀맞게) 아뇨.

　두 사람 사이에는 잠시 어색한 침묵이 흐른다.

서인하 너 알고 있니? 내가 얼마나 널 원하는지.

　강수미는 말이 없다. 잠시 침묵이 흐른 뒤,

서인하 키스해도 되겠니?

　강수미는 여전히 말이 없다. 서인하는 강수미에게 키스를 하려 한다. 그러나 강수미는 고개를 돌려 피한다. 잠시 후, 서인하는 강수미의 젖가슴을 만진다. 약 3초 동안 강수미는 꼼짝하지 않는다. 그러나 다음 순간,

강수미　(서인하를 밀어내며 단호하고 앙칼지게) 왜 이러
　　　　세요?

112　사찰의 범종각

　#73에서 본 사찰의 범종각 앞에서 예의 그 늙은 승려가 힘겹게 종을 치고 있다. 이 범종 소리는 # 113, 114까지 이어진다.

113　해변

　# 109와는 다른 해변이다. 서인하는 무슨 급한 일이 생

기기라도 한 것처럼 어딘가로 다급하게 걸어가고 있다. 그
의 머리 위로는 무수한 갈매기들이 어지럽게 날고 있다.

114 폐교 운동장

　어스름이 몰려들고 있는 운동장에는 동네 아이들과 스
태프들, 그리고 강수미가 축구를 하고 있다. 축구에 몰두
하고 있는 선수들이 내지르는 왁자지껄한 소리들이 들려
오고 있다. 강수미는 골키퍼를 보고 있는데, 들어오는 볼
을 성공적으로 막아낸다. 박수와 찬사와 애석해하는 탄식
소리들이 들려온다. 그때 박 PD, 전화가 온 듯 주머니에서
핸드폰을 꺼내어 든다.
　카메라, 뒤로 물러나면 # 104의 위치가 된다. 서인하는
혼자 창밖을 내다보고 있다.

115 # 107과 동일한 장소

　박 PD는 핸드폰을 들고 교실 안으로 들어온다.

박 PD 선생님, 전화 왔습니다.

　　창가에 서 있던 서인하는 박 **PD** 쪽을 돌아볼 뿐 꼼짝하
지 않고 서 있다.

박 PD (서인하에게 핸드폰을 건네주며) 오민수 교수라고
　　　　합니다.

　　서인하는 여전히 꼼짝하지 않고 서 있다.

116 어느 식당 안 (밤)

　　서인하를 중심으로 일행은 식사를 하고 있다. 서인하는
입맛이 없는 듯이 보인다. 다른 사람들도 어딘지 모르게
경직된 표정들로 식사를 하고 있다. 숨막힐 것 같은 침묵
끝에 서인하는 입을 연다.

서인하 (수저를 놓으며) 많이들 드세요. 오늘이 마지막
　　　　밤이고, 이것이 마지막 저녁 식사가 될 테니까요.

일행은 다소 무거워 보이는 표정들을 지을 뿐 말이 없다.

강수미 (박 **PD**를 향해 속삭이듯 작은 소리로) 저는 어디
      서 자요?
박 PD (작은 소리로 달래듯이) 사택에서 자.

그리고 다시 침묵 속에서 일행은 식사를 한다.

#117 청소년 수련장으로 쓰는 폐교의 교실 안, 밤

소나기가 쏟아지고 있는 교실 창문이 클로즈업된다. 잠
시 후 카메라 팬하면 교실 바닥에는 강수미를 제외한 일
동이 나란히 누워 자고 있다. 개중에는 코를 고는 사람도
있다. 모두들 깊은 잠에 빠져 있는 듯이 보인다.
잠시 후 저편 끝에 자고 있던 운전사는 핸드폰의 진동
신호가 온 듯 주머니에서 핸드폰을 꺼내어 열어본다. 그러
고는 조용히 일어나 밖으로 나간다.
그가 밖으로 나간 뒤 서인하는 눈을 뜬다.

118 학교 운동장, 밤

외등이 비추고 있는 학교 운동장에는 비바람이 불고 있다. 운전 기사는 우산을 펼쳐들고 운동장을 가로질러 간다. 그리고 어둠 속으로 사라진다. 잠시 후 운전사가 쓰고 있는 우산은 다시 나타나 운동장 모퉁이에 있는 헛간처럼 보이는 가건물 뒤로 사라진다.

카메라, 뒤로 물러나면 # 101, # 107과 동일한 위치가 된다. 서인하는 어두운 창가에 혼자 서서 밖을 내다보고 있다.

119 헛간처럼 보이는 가건물 안, 밤

거의 알몸이 되다시피 한 강수미는 짚더미 위에서 엉덩이를 높이 쳐든 채 엎드려 있고, 운전사는 그러한 그녀의 엉덩이를 붙들고 바지만 내린 채 한창 섹스를 하고 있다. 두 사람은 거의 절정에 이른 듯 강수미는 괴성을 질러대고 있고, 운전사 또한 숨결이 거칠어져 있다. 이러한 그들의 모습은 창밖에 서 있는 외등 불빛을 받아 고스란히 노출되고 있다. 창문에는 쏟아지는 빗줄기가 흘러내리고 있다.

그때 어둠 속에서 문 열리는 소리가 난다. 그 소리에 놀

란 강수미는 황급히 운전사로부터 떨어져 두 손으로 몸을
가린다. 그러나 운전사는 사태의 추이를 미처 깨닫지 못한
듯 다시 강수미에게 엉겨붙으려 한다.
　그 순간 어둠 속에서 날아든 몽둥이가 운전사를 후려친
다. 운전사는 겁에 질린 비명을 지르며 나둥그러진다.
　카메라 팬하면 비에 흠뻑 젖은 채 어둠 속에 서 있는
서인하를 포착한다. 그의 손에는 몽둥이가 들려 있다.

운전사 (그제서야 서인하의 등장을 깨닫고는 서둘러 바지
　　　를 끌어올리며) 죄송합니다, 교수님.

　그 순간 서인하는 들고 있던 몽둥이로 운전 기사의 머
리통을 후려친다. 운전사는 비명을 지르며 달아난다.
　짚더미 위에 올라앉은 강수미는 두 손으로 자신의 몸뚱
어리를 가린 채 겁에 질린 표정으로 떨고 있다. 서인하는
그러한 그녀에게로 다가간다. 그리고 세차게 뺨을 후려친
다. 강수미, 옆으로 픽 꼬꾸라진다. 잠시 후에서야 강수미
는 일어나 앉는다. 그녀의 입 언저리에는 피가 흐르고 있다.
　그러한 강수미를 굽어보고 있는 서인하의 두 눈에는 눈
물이 고이고 있다. 이윽고 그는 강수미 앞에 무릎을 꿇고
앉는다.

서인하 (고통에 찬 표정과 목소리로) 미안해.

　　그러나 강수미는 꼼짝하지 않고 앉아 있다.

서인하 (강수미의 빰을 만져주며) 오! 미안해! 내가 너를
　　　　때리다니, 너처럼 사랑스런 아이를 때리다니.

　　그 순간 강수미는 자신의 빰을 만지고 있는 서인하의
손을 밀어낸다.

서인하 (애원하는 표정과 목소리로) 제발 믿어줘. 나는
　　　　너를 사랑해.

　　그 순간 강수미의 얼굴에는 서인하를 무시하는 듯한 미
소가 스치고 지나간다.

서인하 (열에 들뜬 목소리로) 생은 그렇게 길지가 않아.
　　　　어쩌면 이것이 내 마지막 사랑인지도 몰라. 제발
　　　　받아줘. 내 사랑도 받아줘.

　　이렇게 말한 서인하는 고통에 찬 표정으로 강수미의 무

룿에 고개를 묻는다. 강수미는 잠시 서인하가 하는 대로
내버려둔다. 서인하는 강수미의 젖가슴에 얼굴을 비벼댄
다. 그러고 나서 서인하는 강수미의 젖가슴에 얼굴을 묻으
려 한다.

강수미 (서인하를 밀어내며 단호하고 앙칼지게) 싫어요!
       싫단 말예요!
서인하 왜 싫다는 거지?
강수미 (소리치듯) 교수님은 여자를 너무 진지하게 생각
       해요. (잠시 후) 언젠가 교수님은 저를 죽일 거
       예요. 저한테 실망해서 말예요. 그렇지만 세상에
       는 교수님이 원하는 그런 완벽한 여자는 없을
       거예요.

    서인하는 자리에서 일어난다. 그리고 잠시 생각에 잠긴
표정을 하고 있다.

서인하 (혼잣말처럼) 오케이! 오케이!

    그리고 비틀거리며 나간다.

서인하 (혼잣말로) 마노 카비나에서는 이렇지 않았어.
모든 게 달랐어.

　강수미는 떠나가는 서인하를 잡으려는 듯한 동작을 하
다가 그만둔다. 그리고 서인하가 야속하다는 표정을 짓는
다. 잠시 후 그녀는 마침내 무릎에 얼굴을 묻은 채 어깨를
들먹이며 울기 시작한다.

120 **학교 복도, 밤**

　어두운 복도를 따라 비에 젖은 서인하가 걸어오고 있다.

121 **청소년 수련장으로 쓰이는 폐교의 교실 안, 밤**

　서인하는 교실 안 한쪽 구석에 놓여 있는 자신의 가방
을 연다. 그리고 #10 등에서 본 면도칼을 꺼낸다. 그리고
스태프들이 잠들어 있는 교실을 나간다.

122 여명이 밀려오고 있는 바닷가, 새벽

억수 같은 비가 쏟아지고 있는 모래 언덕을 넘어 서인하는 바닷가로 나간다. #97에서 들었던 트럼펫 소리가 멀리서 들려온다. 트럼펫 소리는 다음 신까지 이어진다.

123 같은 장소, 다른 시간

서인하는 모래 언덕에 혼자 앉아 있다. 비는 어느 정도 그쳐가고 있고, 날은 훤하게 밝아 있다. 생각에 잠긴 표정으로 앉아 있던 서인하는 주머니 속에서 사진 한 장을 꺼내어 든다. 그것은 앞에서 몇 차례 보았던 그 흑백 사진이다. 그것을 잠시 들여다보고 있던 서인하는 주머니 속에서 면도칼을 꺼내어 들고 자신의 왼쪽 손목을 자른다. 피가 솟구쳐 올라 단번에 서인하의 얼굴과 옷을 적신다. 서인하는 왼쪽 손목을 움켜잡은 채 자리에서 일어난다. 그리고 비틀비틀 바다 속으로 걸어 들어간다.

#124 같은 장소, 다른 시간

날은 환하게 밝아 있고, 비도 완전히 그쳤다. 그러나 바다는 비안개 속에 묻혀 있다. 서인하가 사라진 바다 위로 어지럽게 갈매기들이 날고 있다. 이 영화의 처음에 흘렀던 주제가와 함께 자막이 오른다.

나는 이제 영화소설 한 편을 독자들 앞에 내어놓는다.

이 책을 내어놓으면서 나는 문득, 한 사람의 가난한 외국 유학생이었던 내 젊은 시절을 떠올리게 된다. 그리고 그때를 생각하면 가장 먼저 내 뇌리를 스쳐가는 것이 차가운 비에 젖은 나의 고독한 산책길이다.

돌이켜 생각해 보면 그 시절에 나는 꼭 행려병자 같았다. 겨울비가 내리는 텅 빈 거리를 몇 시간이고 걸었고, 심지어는 자정이 넘은 시간에 밖으로 나가 밤안개에 묻혀 있는 숲속을 몽유병 환자처럼 배회하는 것도 빼놓을 수 없는 내 일과 중 하나였다. 그 길고 고독한 산책길로 나를 내몰았던 것은 물론 끝없이 이어지는 상념들이었다.

6년 동안 나를 놓아주지 않았던 상념들의 주제는 다양한 것들이었다. 문학과 영화는 물론이고, 정치, 경제, 사회…… 심지어는 어느 독재자를 암살하는 비교적 구체적인 계획이 몇 달 동안에 걸쳐 내 머릿속에서 비밀리에 모양새를 갖추어가기도 했다.

그 시절에 나는 또, 장차 한 사람의 작가로서 내가 평생을 두고 해야 할 일, 할 수 있는 일은 구체적으로 얼

마나 될까 하는 것도 면밀히 따져보았다. 그 결과 10권
의 소설과 3편의 오리지널 시나리오 등, 모두 19편이라
는 것을 알았다. 그리고 지금까지도 나는 그때 그 계산
이 크게 틀렸다고 생각하지는 않는다. 좋든 궂든 19편만
쓰면 된다, 나에게는 그 이상의 작품을 만들어낼 의무도
없고 능력도 없다는 데 대한 확신이 나를 편하게 해주었
다. 오히려, 근년 들어 갑자기 눈이 침침해지는 것을 느
끼면서 행여 내가 그때 계획한 것을 다 채우지 못하면
어쩌나 하는 초조감이 들기도 했다.

　이제 나는 영화소설 『마노 카비나의 추억』을 내어놓는
다. 이 작품은 80년대 중반 프랑스 중부의 한 지방 도시
에, 동양의 한 독재국가에서 온 창백한 유학생이 고독한
그의 산책길에서 산출했던 19편 중 하나라는 사실을 밝
혀둔다.

　이 보잘것없는 작품을 출판하자고 제의해 주신 민음사
박맹호 사장님을 비롯하여, 박상순 주간님께 감사드린다.

2002년 1월 12일
하일지

마노 카비나의 추억

1판 1쇄 찍음 2002년 1월 30일
1판 1쇄 펴냄 2002년 2월 8일

지은이 하일지
펴낸이 박맹호
펴낸곳 (주) 민음사

출판등록 1966. 5. 19. 제 16-490호
서울 강남구 신사동 506번지 강남출판문화센터 5층 (우)135 887
대표전화 515-2000 팩시밀리 515-2007
www.minumsa.com